鎌倉時代の和歌に託した心 続々

八条院高倉・極楽寺重時・笠間時朝・
後嵯峨天皇・一遍・北条貞時・
後醍醐天皇・足利尊氏

今井雅晴

まえがき

筆者は歴史学研究を専門にしてきました。第二次大戦後、歴史学研究には大きな風潮がありました。それは「何が社会を動かしたか。それは経済である。また誰が経済を生み出す権利を握っていたか（「生産手段」の把握）。それらについての経済史の研究が重要である」という風潮です。その上で、「歴史的に社会がどのような方向に進むかは法則として決まっている」ということの検証が大切な課題であるとされました。さらに、その「歴史の法則」なるものが実現するように努力することが必要だともされました。それは特に大戦後三、四十年の間でした。そして現在でもその研究世界の影響は残っています。

その風潮の中で、それぞれの時代に生きた人は何を思ったのか、という研究はあまり重要とはされませんでした。「歴史に学ぶ」という考え方は鼻で笑われました。しかし私たちにとって「歴史に学ぶこと」は、私たちが生きていく上でとても重要なことなのではないかと思うのです。そして現在、「歴史の法則」なるものはみごとに壊れてしまったとしか言いようがありません。それは虚構、つまり嘘でした。

筆者は、歴史上の事実の解明に努力してきました。その上で、そこに生きた人たちは何を思っていたのかをあらためて明らかにしたいと思っています。それが現在、歴史学研究が社会に貢献できる大きな一つであると思うのです。そのために、従来はほぼ文学研究の対象に限られており、歴史学ではほとんど扱われなかった和歌を研究対象として取り上げることにしました。その考えで筆者の主な研究対象の時代の一つである鎌倉時代を対象に、『鎌倉時代の和歌に託した心』(自照社、二〇二一年)と『鎌倉時代の和歌に託した心　続』(同、二〇二二年)という二冊を刊行してきました。本書はその三冊目です。

歴史に残されている和歌には、「題詠《だいえい》」といって題を与えられて皆で詠んだ和歌や、「歌合《うたあわせ》」といって二人ずつでできばえを競って詠んだ和歌があります。これらからは詠んだ人のほんとうの心を読み取るのは難しいです。他方、誰に見せるという目的もなく、自由に詠んだ和歌もあります。その和歌からは、そこにどのような心が託されているのかがすなおに伝わってきて、感動することが多いです。

しかしながら、私はさまざまな和歌を読んでいく中で、そうはいっても「題詠」には詠んだ人の心が滲み出ていることがある、それは無視できないと感じるようになりました。それは、その和歌を詠んだ人が、詠んだ時にどのような状況下で生きていたかを確実な史料で浮かび上がらせた結果です。当てずっぽうではありません。

現代人は自分自身、そして自分を取り巻く周囲の状況についてどのように考えたらよいのか、その参考にするために中世、特に鎌倉時代という激動の時代に、そこに生きた人々がどのような心を持っていたのか、それをいかに和歌に託したかを考えるというのが前二書に引き続いて本書を執筆する目的です。

本書では、鎌倉時代の八条院高倉《はちじょういんたかくら》、笠間時朝《かさまときとも》、極楽寺《ごくらくじ》（北条）重時《しげとき》、後嵯峨天皇《ごさがてんのう》、一遍《いっぺん》、北条貞時《ほうじょうさだとき》、後醍醐天皇《ごだいごてんのう》、足利尊氏《あしかがたかうじ》を検討の対象にしています。歴史に残る彼らの行動の背景にはどのような心があったのか。飾らない、ほんとうの心はどのように和歌に託されたのでしょうか。

◇目　次◇

鎌倉時代の和歌に託した心・続々

4 後嵯峨天皇～安定した朝廷を目指した天皇

6 北条貞時〜執権政治の復興を目指すも、成功せず

8 足利尊氏～不安定な少年時代と青年時代

カバーデザイン・イラスト　村井千晴

1　八条院高倉

～中宮（皇后）の数寄な生い立ちの娘

★八条院高倉関係系図

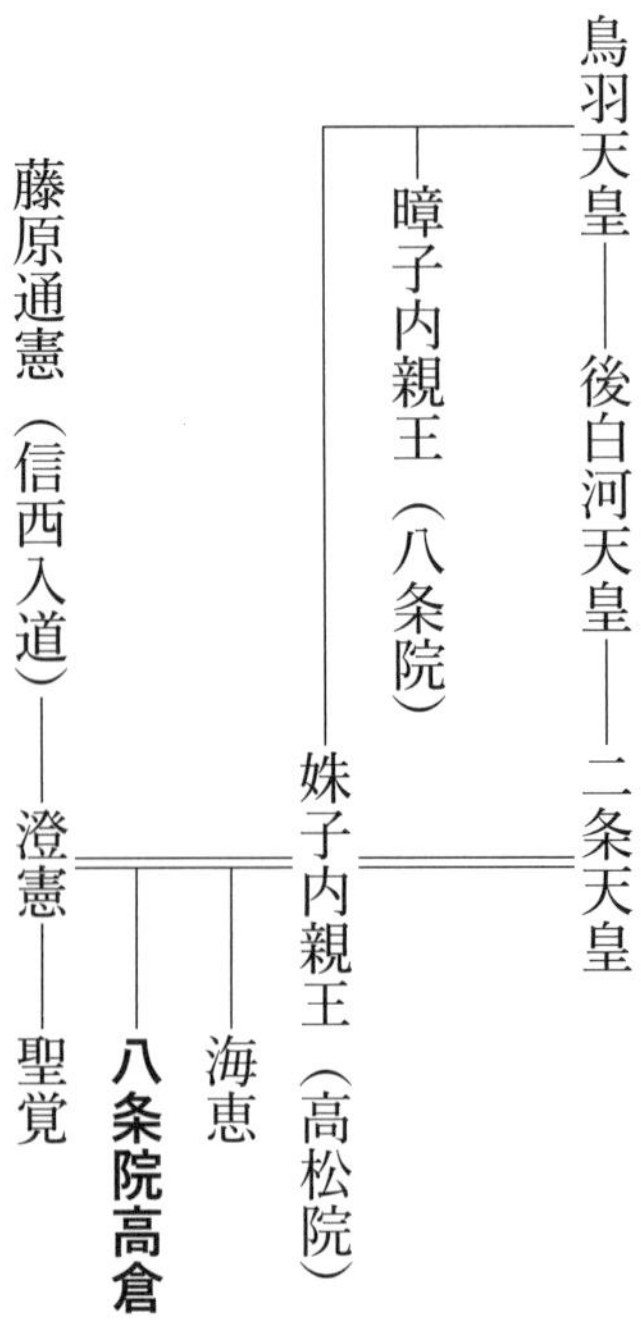
鳥羽天皇
後白河天皇
二条天皇
暲子内親王（八条院）
姝子内親王（高松院）
藤原通憲（信西入道）
澄憲
海恵
八条院高倉
聖覚

はじめに

平安時代の最末期の保元元年《ほうげん》（一一五六）、京都で戦争が起こりました。保元の乱です。前年に即位した後白河天皇《ごしらかわてんのう》に不満で、兄の崇徳上皇《すとくじょうこう》が配下の武士たちを集めて戦いを挑んだのです。この時、天皇側に立って平清盛《たいらのきよもり》や源義朝《みなもとのよしとも》らを味方につけ、上皇を破って讃岐国《さぬきのくに》（徳島県）に流したのが信西入道《しんぜいにゅうどう》という人物でした。彼は俗名《ぞくみょう》を藤原通憲《ふじわらのみちのり》といい、少納言《しょうなごん》で、後白河天皇の乳母《めのと》の夫でした。自分が出世できないことに嫌気《いやけ》がさして出家していたのです。しかし権力欲が強く、もう二十九歳になっていて遊び人、天皇にはなれないだろうと思われていた後白河を、奔走して天皇に押し上げていた人物でした。

保元の乱の三年後、信西入道は平清盛と源義朝が戦った平治《へいじ》の乱で自害する羽目《はめ》になってしまいました。振るい始めた権勢を周囲から妬まれたのです。信西入道の息子たちも散々な目に遭いました。

しかし後白河天皇は十六人いた信西入道の息子全員と、五人いた娘の夫全員を助け、社会的に引き立てました。後白河天皇は受けた恩には報いようとする人物でした

（拙著『鎌倉時代の和歌に託した心』「後白河法皇」の項）。その十六人の息子の一人に、澄憲《ちょうけん》という天台宗の僧侶がいました。彼はやがて唱導《しょうどう》（法会《ほうえ》の時のお説教）で大変有名になりました。その唱導はとても感動的で、聴く人は皆泣いたといいます。その澄憲が、本項の主人公である八条院高倉《はちじょういんたかくら》の父です。

八条院高倉の母は姝子《よしこ》内親王という女性でした。彼女は鳥羽天皇《とばてんのう》の皇女で、後白河天皇の異母妹、二条天皇《にじょうてんのう》の中宮《ちゅうぐう》（皇后）でもありました。二条天皇は八条院高倉が生まれる十年ほど前に亡くなっていました。でも中宮だった女性は普通の貴族の女性と同じような再婚はできないと思われていました。そこで澄憲を父とする八条院高倉は不倫《ふりん》の子とみなされ、周囲がその父について語ることはタブーでした。

このような中で育った八条院高倉はキリッとした優れた和歌を詠む歌人になりました。それに注目した後鳥羽上皇《ごとばじょうこう》は、自分の和歌の仲間に招き入れて活躍させました。その結果、彼女は上皇の『新古今和歌集《しんこきんわかしゅう》』に何点もの和歌が採用され、有名な歌人となったのです。

⑴　八条院高倉の誕生

母はもと二条天皇の中宮

八条院高倉は安元《あんげん》二年（一一七六）に高松院《たかまついん》と称していた女性の娘として生まれました。高松院は鳥羽天皇の皇女の姝子内親王で、後白河天皇の異母妹でした。そして後白河天皇の指示により、二条天皇の中宮（皇后）となりました。この項冒頭の系図に見るように、二条天皇は彼女の甥《おい》であったということになります。

二条天皇

ところが二条天皇は政治の主導権を巡って父ととても仲が悪くなりました。その中で姝子中宮は平治二年（一一六〇）に病気という理由で出家し、高松院という院号を与えられました。事実上の離婚です。

二条天皇にはやがて別の女性が中宮に立てられています。この女性は右大臣徳大寺《とくだいじ》公能《きんよし》の娘で、藤原《ふじわらのまさるこ》多子といい、近衛天皇《このえてんのう》の皇后であった女性です。二代の天皇の妃になるなんてと、大騒ぎになりましたが、二条天皇の強い希望で実現したものです（『平家物語』巻第一「二代后」）。その二年後、二条天皇は永万《えいまん》元年（一一六五）に二十三歳で亡くなりました。この年、高松院は二十五歳でした。高松院と二条天皇の間に子どもはいませんでした。

二条天皇も和歌が好きで、何度も和歌の会を催しています。その天皇が残した和歌に次のような詞書《ことばがき》付きの和歌があります。『千載和歌集《せんざいわかしゅう》』に載っています。意訳の中の「朕《ちん》」は天皇の自称で、「私」ということです。

しのびて暮《くれ》にまうのぼるべきよし侍《はべ》りける人に、つかはしける。

などやかく　さも暮れがたき　大空ぞ

わが待つことは　ありと知らずや

「夕暮れになりましたら、そっとお会いしに行きます、と伝えてきた女性につぎの和歌を贈りました。

どうしてこんなになかなか夕暮れにならない空なのだ。朕が待ち焦がれていることを知らないのか」。

八条院高倉の兄

二条天皇が亡くなってから七年後の承安《じょうあん》二年（一一七二）、高松院は藤原通憲の息子の澄憲との間に男子海恵《かいえ》を産みました。九条兼《くじょうかね》実《ざね》の日記の『玉葉《ぎょくよう》』には、その十九年後の建久《けんきゅう》二年（一一九一）四月二十四日条に海恵のことを記し、高松院の御腹《おんはら》、澄憲生ましむるの子なり。密事《みつじ》と雖《いえど》も、人、皆これを知る。「澄憲が高松院に産ませた子です。これは秘密のことなのですけれども、皆が知っています」とあります。夫の二条天皇はもうずいぶん前に亡くなっていたのですけれども、いったん中宮であったからには他の男とは関係を持ってはいけなかったのです。でも生まれたので、密通で誕生した子とされたのです。当時後白河天皇（法皇）が絶対権力を持っていましたし、澄憲は法皇が保護していた一人ですから、見逃してもらったのでしょう。

でも海恵誕生の四年後の安元二年（一一七六）、高松院は三十六歳で亡くなりました。八条院高倉はその年に生まれていますので、高松院はその出産がもとで亡くなったのであろうと推定されています。実は当時、難産で亡くなる女性は多かったのです。高松院もその一人だったのでしょう。

⑵ 八条院高倉の母の人生

九十九年間の院政時代

白河天皇《しらかわてんのう》が平安時代後期の応徳《おうとく》三年（一〇八六）に開始した院政は、白河・鳥羽・後白河と三代続いて鎌倉時代に入りました。この間、この三人の天皇の他に、堀河《ほりかわ》・崇徳・近衛・二条・六条《ろくじょう》・高倉《たかくら》・安徳《あんとく》という七人が即位しています。そして平家が壇ノ浦で全滅した文治《ぶんじ》元年（一一八五）までを院政時代と称しています。これは中世の始まりの時期であり、貴族政治から武家政治に至る橋渡しの時期でもあります。その時代は九十九年間です。

結婚できない院政時代の皇女たち

この間、天皇家では皇子が四十一人誕生しました。皇女は二十八人でした。それを天皇の即位順に細かく見ていきますと、次の一覧表のようになります。このうち、【皇子】の項で、「王」は皇子に生まれても「親王」という称号を与えられなかった人です。「親王」「天皇」はそれぞれ親王になれた人、天皇になれた人です。「僧侶」は出家した人です。

【皇女】の項で、「皇女」は天皇の娘に生まれても内親王の称号を得ていない女性です。「斎院《さいいん》・斎宮《さいぐう》」は内親王で伊勢神宮の斎院、あるいは賀茂神社の斎宮等に任じられた女性です。いずれも独身が条件です。「中宮」は天皇の中宮になった女性です。

また近衛天皇は十七歳で、六条天皇は十三歳で、いずれも病気で亡くなりました。安徳天皇は八歳で壇ノ浦の海に沈みました。三人とも子どもはいませんでした。

合計	十 安徳	九 高倉	八 六条	七 二条	六 後白河	五 近衛	四 崇徳	三 鳥羽	二 堀河	一 白河		
1					1						王	皇子
17		2		2			1	4	2	6	親王	
9		2		1	2			2	1	1	天皇	
14					8		1	5			僧侶	
1								1			皇女	皇女
5					1			2	1	1	内親王	
21		3		1	6			4	2	5	斎院・斎宮	
1								1			中宮	

七代の天皇の皇子は総計で四十一人でした。うち、天皇になった人が九人、十七人は親王のままでした。臣下に下った人もいました。十四人は出家、ということになりました。残りの一人の「王」は、平清盛を倒そうとして失敗し、討ち死にした以仁王《もちひとおう》のことです。彼は出家させられたのですけれども、勝手に還俗《げんぞく》していたので「親王」の称号をもらえなかったのです。

七代の天皇の皇女は総計二十八人で、うち伊勢神宮の斎宮や賀茂神社の斎院等として神社に仕える役に任命された人が二十一人です。すべて独身であることが求められます。「皇女」「内親王」も独身です。彼女たちの結婚相手は天皇とされていました。その場合には多く存在している天皇の妃のトップである中宮（皇后）となります。臣下の貴族ですと、当然のように貴族内の勢力関係が変わります。彼女たちはそれを恐れる貴族たちのために結婚させてもらえませんでした。

唯一、結婚できた姝子内親王＝八条院高倉の母

なんと院政期約百年の中で、結婚できたのは鳥羽天皇の皇女である姝子内親王ただ一人でした。現代でいえば結婚だけが女性の幸せでないのはもちろんです。でも院政期の天皇の皇女たちの人生には「結婚」さらには子どもを産むという選

択枝はなかったのです。感覚的な言い方をすれば、可哀想な人生でした。その中でただ一人結婚でき、中宮となれたのが姝子内親王すなわち八条院高倉の母でした。

しかし中宮としての姝子内親王は幸せではなかったようです。天皇の没後、情を交わし、子どもを儲《もう》けた澄憲との恋愛生活は幸せだったのではないでしょうか。子どもの存在は公にはできませんでしたが、心の満足感は強かったものと推測されます。ただ彼女の和歌は伝えられていません。

(3) 八条院高倉、伯母のもとで和歌に励む

暲子内親王（八条院）＝八条院高倉の伯母

さて母を失った八条院高倉は、母の同母の姉である暲子《あきこ》内親王（八条院）に育てられた模様です。結婚できない皇女たちは、好んで養子をもらって育てる傾向にありました。治承《じしょう》四年（一一八〇）に平清盛打倒の兵を挙げた以仁王は、後白河天皇の皇子で、そしてこの八条院の養子でした。八条院が養子にした人には、他にも二条天皇、以仁王の娘である三条宮姫君《さんじょうのみやのひめぎみ》、後鳥羽天皇と皇后藤原任子《ふじわらのとうこ》（宜秋門院《ぎしゅうもんいん》。関白九条兼実の娘）との間の昇子《のぼるこ》内親王等がいます。

鳥羽天皇――後白河天皇――二条天皇
　　　　　　　　　　　└以仁王
　‖　近衛天皇
　‖　暲子内親王（八条院）
　‖　姝子内親王（高松院）
藤原得子（美福門院）

右の系図中の美福門院《びふくもんいん》は鳥羽上皇の寵姫《ちょうき》で、退位後であるにもかかわらず上皇は皇后にしました。このような例はありませんでしたので、その時には大きな問題になりましたが、上皇は押し切りました。そして膨大な皇室領を美福門院に譲っています。さらにその皇室領は暲子内親王（八条院）に受け継がせました（やがては南北朝時代の南朝の大きな経済的基盤になっていきます）。

おおらかで経済力・政治能力豊かな八条院

暲子内親王は両親にとてもかわいがられ、将来優れた人物になると思われていました。兄の近衛天皇が若くして十八歳で亡くなった時には、両親は悲しみ、また次のように動いたと『今鏡《いまかがみ》』にあります。文中、「姫宮」が暲子内親王です。

姫宮を女帝にやあるべきなどさへ、はからはせ給ふ。

「ともかくも暲子内親王を女帝にしようとまで、画策《かくさく》されました」。

これは実現しませんでしたが、暲子内親王は両親が見込んだとおりおおらかで優れた女性に育ちました。『たまきはる』という書物には「お屋敷の中では、どのような着物にせよとの指示もありませんでしたので、それぞれが自由な着物を着ていました。ふだんの日も、慶弔《けいちょう》の日も、着るものに区別はありませんでした」とあります。

『たまきはる』の著者は建春門院中納言《けんしゅんもんいんのちゅうなごん》と呼ばれた女性で、藤原俊成《ふじわらのとしなり》の娘で定家《さだいえ》の同母の姉です。彼女はすでに八条院という院号を与えられていた暲子内親王の屋敷に仕えていたことがありますから、内親王のものにこだわらない、経済的にも困らない、かつ強い政治権力も握っている様子もよくわかっていたのでしょう。暲子内親王について「史上最強の皇女」と評する向きもあります（永井晋『八条院の世界』山川出版社、二〇二一年）。八条院高倉はその保護のもとで生活をし、成人して藤原俊成の指導で詠歌に励みました。はじめ、「高倉殿」と呼ばれていました（『金剛仏子叡尊感身学生記』建長三年条）。彼女の和歌は、やがて後鳥羽上皇に注目されることとなります。

⑷ 八条院高倉、和歌で後鳥羽上皇に高く評価される

源《みなもとの》家長《いえなが》という貴族の著書『源家長日記』（「日記」とありますが、日ごとに記録した日記ではありません）に、次のように記されています。

又、八条院に高倉殿と申人をはすなり。その人の歌とぞある人のかたり申しける、

八条院高倉の和歌

曇《くも》れかし　ながむるからに　かなしきは
　月におぼゆる　人の面影《おもかげ》

此歌《このうた》をきこしめして、それも歌たてまつりなどつねに侍《はべる》。

「また、八条院に高倉殿という人がおられます。その人が詠みましたと、ある人が伝えてきた和歌です。

煌々《こうこう》と照っている月よ、雲で顔を隠しておくれ。そなたを見ていると、あの人の顔が思い出されて悲しい。

後鳥羽上皇はこの和歌のことをお知りになって気に入り、以後、高倉殿からもたび

たび和歌が差し上げられてきました」。

源家長は優れた歌人で、また朝廷の蔵人《くろうど》や地方官の播磨守《はりまのかみ》等も歴任して事務官としての高い能力も有していました。後鳥羽上皇が建仁《けんにん》元年（一二〇一）に『新古今和歌集』編纂のための和歌所《わかどころ》を設置すると、その事務方の責任者となった貴族です。そのような人ですので、「高倉殿は注目すべき歌人です」と後鳥羽上皇に推薦したのでしょう。

後鳥羽上皇に評価される

前掲の八条院高倉の和歌は『新古今和歌集』に収められていて、彼女の和歌の一つの特色である「初句切《しょくぎ》れ」という手法を使って詠い上げています。普通、和歌は、五音・七音・五音と詠みながら意味も続けていきますけれども「初句切れ」とは、最初の五音でまず言い切ってしまう和歌の詠み方です。前掲の八条院高倉の和歌で「曇れかし」がそれです。彼女のすっきりした意思の強さと、それに続く意外な悲しみの感情が鑑賞する人々の心を打つのです。

以後、八条院高倉は後鳥羽院歌壇《かだん》で活躍するようになりました。

(5) 八条院高倉の歌風

初句切れ

八条院高倉は、本歌取り《ほんかど》（優れた古歌をもとにして詠む）や初句切れを多用し、趣があり古風な雰囲気《ふんいき》ながら一息に詠い上げるなめらかさを持っていました。平安時代以来の和歌の香りを漂わせるような上品さを感じさせます。

次の八条院高倉の和歌も初句切れの手法です。

いかがふく　身にしむ色の　かはるかな
　たのむる暮の　松風《まつかぜ》の声

「この夕べの松風はどのように吹いているというのでしょう。松を過ぎてゆく風の色は身にしみるものだけれど、あの人が訪ねてくれるのを頼りにして待っている私には、その風の色がいつもと違っているように見える。風の声も悲しげです」。

八条院高倉は、「風の音がいつもと変わっているように思えるのはなぜだろう」と不安に駆られているのです。「もしかしたら、あの人は来てくれないのか」という不安です。

さらに次のような歌も詠んでいます。

わすれじの　ただひとことを　形見《かたみ》にて
　ゆくもとまるも　ぬるる袖かな

『君のことは忘れないよ』という一言を思い出として、去っていくあなたも残される私も袖を濡らすのですね」。

皇女たちの悲しみ

八条院高倉は皇女ではありませんが、結婚できない皇女たちの悲しみの心を示しているかのような和歌です。

⑹　八条院高倉の出家と没

八条院高倉が仕えていた伯母の八条院は、建暦《けんりゃく》元年（一二一一）に亡くなりました。それを悼んだ高倉は奈良の法華寺《ほっけじ》に入って出家し、空如《くうにょ》と号しました。その後も詠歌の道に励み、嘉禎《かてい》三年（一二三七）には次の和歌を詠んだことが『続《しょく》拾遺和歌《しゅういわか》集《しゅう》』に載っています。

身はかくて　六十《むそじ》の春を　過《す》ごしきぬ

年の思はむ　思ひ出もなし

「こうして私の六十歳の春は過ぎてしまいました。この年に残る思い出も特にありません」。

八条院高倉の晩年の感慨でしょう。彼女はこの約十年後の宝治《ほうじ》二年（一二四八）から建長《けんちょう》三年（一二五一）ころの間に亡くなりました。

おわりに

院政時代百年、その間の十代の天皇から生まれた皇女二十八人。彼女たちはただ一人を除いて誰も結婚できませんでした。結婚できた唯一の皇女姝子内親王が本項の主役である八条院高倉の母でした。姝子内親王の結婚相手は二条天皇で、彼女は中宮として尊重されましたけれども、夫婦仲はよくなかったのです。出家して事実上の離婚をしました。

二条天皇の没後、姝子内親王は僧侶の澄憲と仲がよくなり、そこに生まれたのが男子の海恵と妹の八条院高倉でした。珠子内親王は八条院高倉の出産に際して亡くなってしまいました。

当時の社会には、中宮であった女性はその後臣下と男女の交わりをしてはいけないという不文律がありました。それで八条院高倉は、現代風に言えば不倫、当時の言葉で言えば密通で生まれた子として、周囲からこそこそ言われたのです。

しかし八条院高倉は自分のその運命を跳ね返すがごとき「初句切れ」という用法を多用して、和歌の道で強く生きていきました。そして和歌の天才ともいえる後鳥羽上皇は、八条院高倉の強い生き様に感じたのか、彼女の和歌に感動し、高く評価して自分の歌壇に迎え入れたのです。彼女は数々の歌の会などに出て、俊成女《としなりのむすめ》（藤原俊成の娘。実は孫）や後鳥羽院宮内卿《ごとばいんくないきょう》と呼ばれた女性（拙著『鎌倉時代の和歌に託した心続』「後鳥羽院宮内卿」の項）と並び、新古今和歌集時代を代表する女性歌人の一人になりました。

また八条院高倉は、『新古今和歌集』以降の勅撰集にも多数の和歌が採用されており、新三十六歌仙および女房三十六歌仙の一人と称されています。

2 極楽寺重時

~理想に生きた強い心の政治家

★極楽寺重時関係系図

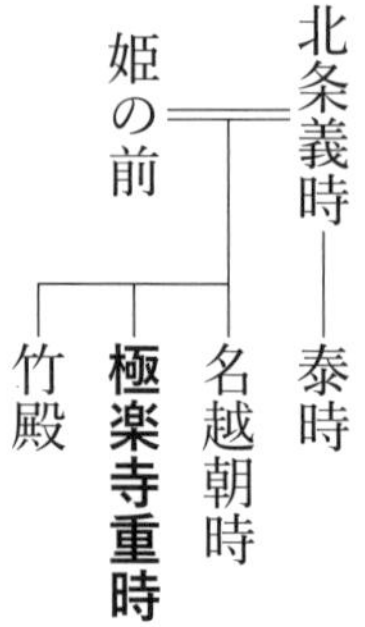
北条義時
泰時
姫の前
名越朝時
極楽寺重時
竹殿

はじめに

極楽寺重時《ごくらくじしげとき》は、鎌倉幕府第二代執権北条義時《ほうじょうよしとき》の三男です（森幸夫『北条重時』吉川弘文館人物叢書、二〇〇九年）。母は豪族比企《ひき》氏の女性でしたが、重時が六歳の時に離婚して京都に去りました。そして四年後に亡くなっています。

重時が成人するまでの生活はほとんどわかっていません。しかし元仁《げんにん》元年（一二二四）に父が亡くなり、異父兄の泰時《やすとき》がその跡を継いで第三代執権になると、重時の立場は微妙になりました。それは同母兄の名越朝時《なごえともとき》が自分こそ父の跡継ぎであると主張し続けていたからです。

しかし重時は、兄朝時に味方するのではなく、泰時に協力する道を選びました。朝時の味方をしても、結局は朝時を超える権力を得られず、場合によっては反抗するのかと朝時やその周囲の者たちに疑われる危険性があります。いわば敵になってしまうかもしれないのです。それなら、よい人格として知られている泰時に協力しよう。泰時は尊重してくれるであろうし、活躍もできるというものです。いわば敵の敵は味方ということです。泰時も同じ考えで重時を歓迎しました。

義時と別の女性（伊賀《いが》の局《つぼね》）との間の息子であった政村《まさむら》も、最初は義時の後継者を主張したのですが、すぐに泰時に協力する道を選び、それを一生の間続けました。

やがて重時は泰時から六波羅探題《ろくはらたんだい》に任ぜられて京都に赴任し、十七年間にわたって朝廷対策・西国の御家人《ごけにん》対策に当たり、十分な成果をあげました。宝治元年（一二四七）、五十歳で鎌倉に呼び戻されると、そのころの第五代執権北条時頼《ほうじょうときより》に協力して幕府政治を安定させました。その最晩年、引退した重時は亡くなるまでの数ヶ月間、鎌倉の極楽寺に住みました。それで以後、重時は極楽寺重時と呼ばれるようになったのです。

他方、重時は京都に赴任中、和歌の藤原定家の指導を受け、優れた和歌詠みになっていました。鎌倉に成立した鎌倉歌壇は、重時そして弟の政村や甥の金沢実時《かねさわさねとき》が中心の歌人の集団でした。

⑴ 重時の誕生と母との別れ

北条義時の三男として生まれる

重時は北条義時の息子として建久《けんきゅう》九年（一一九八）に生まれました。母は比企朝宗《ひきともむね》の娘で「姫の前《ひめのまえ》」

と呼ばれており、幕府で権勢のあった女性でした。朝宗は武蔵国《むさしのくに》北部の大豪族比企能《よし》員《かず》に近い者と推定されています。

義時と姫の前の間には、建久四年（一一九三）に朝時が生まれています。それから重時です。もう一人、竹殿《たけどの》と呼ばれた女性が生まれていますが、誕生年ははっきりしません。義時の長男はのちに第三代執権となった泰時で、朝時は次男ということになり、名越を名乗りました。重時は三男でした。

重時の母、鎌倉を去る

重時が誕生した翌年の建久十年（正治元、一一九九）、源《みなもとの》頼《より》朝《とも》が亡くなりました。その後の混乱の中で、建仁三年（一二〇三）、比企能員一族が北条時政《ほうじょうときまさ》・義時に滅ぼされました。姫の前の父である比企朝宗の動向は不明です。しかし姫の前は無事には済みませんでした。離婚はしないという約束の結婚ではあったのですが、結婚生活を続けることはできず、姫の前は離婚して京都に去りました。重時は六歳で母と生き別れになってしまったのです。

京都の姫の前はすぐに貴族の源具親《みなもとのともちか》と再婚し、輔通《すけみち》と輔時《すけとき》という二人の男子を産んでから、早くも承元《じょうげん》元年（一二〇七）に亡くなりました。京都ではわずか四年の生活でした。具親には後鳥羽上皇に仕えた後鳥羽院宮内卿という妹がいました。

姫の前
＝源具親
　輔通
　輔時
後鳥羽院宮内卿

源具親と輔通・輔時については拙著『鎌倉時代の和歌に託した心　続』の「後鳥羽院宮内卿」の項をご参照ください。

⑵ 重時、父の義時・兄の泰時のもとで力を養う

重時の名が『吾妻鏡《あずまかがみ》』に現われるのは、承久《じょうきゅう》元年（一二一九）七月十九日条が最初です。彼はすでに二十二歳になっていました。誕生した年や、翌年の頼朝が亡くなった年に関する『吾妻鏡』の記事はありませんので、誕生が周囲に注目されていたのかどうかはわかりません。

承久元年に第三代将軍源　実朝《みなもとのさねとも》が暗殺され、京都から九条頼経《くじょうよりつね》が将軍になる含みで鎌倉に下ってくると、その面倒を見る役所として小御所《こごしょ》が設置されました。そこの責任者である別当に義時から任命されたのが重時でした。二十三歳でした。

⑶ 六波羅探題として活躍

重時、六波羅探題となる

承久の乱で勝利した鎌倉幕府は、総大将として京都に攻め上った泰時をそのまま京都に置き、新設した六波羅探題に任命し、朝廷との戦後処理や西日本の御家人たちの管理に当たらせました。

貞応《じょうおう》三年（一二二四）に義時が亡くなると、泰時は直ちに鎌倉へ帰り、弟の名越朝時や北条政村との政争に打ち勝って第三代執権に就任しました。そして息子の時氏《ときうじ》を自分の代わりの六波羅探題として京都に送りました。

ところが寛喜《かんぎ》二年（一二三〇）、時氏は病気で亡くなってしまいました。五人の子どもを残し、まだ二十八歳でした。その子どもの中に将来第四代執権となった経時《つねとき》、同第五代時頼がいました。そして時氏の代わりに六波羅探題として京都に送られたのが重時でした。当時三十三歳、泰時の信任が厚くなっていました。

重時、貴族との交渉に大きな成果をあげる

重時は泰時の意向を十分に汲み、ともすれば幕府に反抗的であった貴族たちの不満をうまくさばいていきました。貞永《じょうえい》元年（一二三二）、幕府が武士として最初の成

文法である『御成敗式目《ごせいばいしきもく》』を制定した時にも、この式目を尊重しない貴族の説得に当たっています。

和歌に優れた重時

重時は和歌の藤原定家の指導を受けています。その支援もあったのでしょう、嘉禎元年（一二三五）に完成した勅撰和歌集の『新勅撰和歌集』に二首採用されています。重時三十八歳です。採用されたうちの一首に、「花を見てよみ侍りける（桜の木を見て詠みました）」という詞書から始まる次の和歌があります。

年ごとに　みつつふる木の　さくらばな
　わが世ののちは　たれかおしまん

「私は、毎年のように咲く花を咲かせて楽しませてくれる桜の古い木を見ながら、大事にしてきました。私が死んだ後には誰が大切にしてくれるでしょうか。とても心配です」。

穏やかな、王朝貴族風の和歌です。京都での生活も五年目で、貴族たちと親しくしていこうとの気持ちが読み取れます。

次に紹介する和歌も重時の和歌です。正中《しょうちゅう》三年（一三二六）、鎌倉時代最末期に成立した勅撰和歌集『続後拾遺和歌集《しょくごしゅういわかしゅう》』に採用されていますので、重時が六波羅探題時代に詠んだ和歌かどうかは不明ですが、前掲の和歌と同じく王朝貴族風の和歌です。

　天河《あまのかわ》　いかなる水の　ながれにて
　　年に一《ひと》たび　袖ぬらすらむ

「今日は七夕です。でも彦星《ひこぼし》と織姫星《おりひめぼし》は、天の川がどのような流れになっているのか年に一回しか会えず、涙を流すことになっているのでしょうか。かわいそうなことです」。

「天河」という初句、「袖ぬらす」（「泣く」という意味）など、貴族好みの教養で詠歌を飾っています。

　藤原定家の指導を受けた重時は、鎌倉に帰ってからも精進を続け、優れた歌詠みになりました。そして弟の政村や甥の金沢実時とともに鎌倉歌壇の中心人物になるに至ります。ただ師匠の定家は仁治《にんじ》二年（一二四一）、重時が鎌倉に帰る前に亡くなっています。

⑷ 北条時頼を支えて幕府政治を進展させる

重時、連署として執権時頼の政治を支える

重時は六波羅探題として十七年間もの間、京都で暮らしました。この間、ずっと協力してきた泰時は仁治三年（一二四二）、六十歳で亡くなりました。跡を継いで執権となったのは、泰時の孫で弱冠《じゃっかん》十九歳の孫・経時でした。一方、北条氏本家（得宗《とくそう》家《け》）に反抗する名越家や大勢力の三浦泰村《みうらやすむら》らがおり、執権の勢力弱体化は明らかでした。この状況を立て直すべく、経時は重時を京都から呼び戻したかったのですが、泰村の大反対で潰れました。四年後、重病に陥った経時は弟時頼に執権職を譲り、まもなく亡くなりました。寛元《かんげん》四年（一二四六）のことでした（高橋慎一郎『北条時頼』吉川弘文館、人物叢書、二〇一三年）。新たに第五代執権となった時頼もまだ二十歳でした。

宝治元年（一二四七）、時頼は味方の北条一族や御家人を集めて名越家を圧倒し、三浦泰村を滅ぼしました（宝治合戦）。引き続き重時を京都から鎌倉に戻し、連署《れんしょ》に就任させました。連署は補佐役ですが、正式には「連署」という職名ではありませ

ん。正式には執権です。鎌倉幕府は二人執権制でした。命令書などに二人連れだって署名するので、「連署」と呼ばれたのです。

また時頼は重時の娘と結婚しました。葛西殿《かさいどの》と呼ばれた女性です。やがて葛西殿は時頼の嫡男時宗《ときむね》を産んでいます。

強い意志で幕府政治を進める

重時は武士であるとはいうものの、実際の戦闘経験はなかったようです。建保《けんぽう》元年（一二一三）の和田合戦の時は十六歳になっていましたが、戦闘に参加した形跡はありません。承久の乱では鎌倉を警備する役でした。宝治合戦では六波羅探題として京都にいました。

ただし武士としての猛々しさは十分に持ち合わせていました。次のような和歌があります。これは鎌倉歌壇に集まる人々の和歌集である『東撰和歌六帖《とうせんわかろくじょう》』に収録されています。

また咲かば　散るてふことも　憂《う》かるべし
　花の枝折れ　春の山かぜ

「桜の花はとても美しいです。しかし散ってしまうのが残念です。来年もまた咲くでしょうが、咲いたら桜の木も花を散らせることが嫌になってしまうことでしょう。だから春の山嵐よ、今の内に桜の枝を折ってしまっておくれ」。

「桜の花が散るのは見たくないから、枝を折ってしまっておくれ」などと、決して貴族たちの口からは出てこない言葉でしょう。でも合理的な論調ではありません。強い意志で政治を推し進めた重時の心が垣間見《かいまみ》えています。

(5) 重時の弟政村

重時とともに幕府を支える

重時の弟政村も、兄の泰時を支えて幕府運営に尽くしました。泰時の代の最末期、延応《えんおう》元年（一二三九）には評定衆《ひょうじょうしゅう》に、翌年には評定衆筆頭になっています。以後、執権経時の時代も、引き続く執権時頼の時代、さらにはその次の時宗の時代も、連署あるいは執権に就任して幕府運営に尽くしました。

和歌に優れた政村

また政村は文化面でも活躍し、優れた歌詠みになっています。その一つ、『続古今和歌集』には合計四十首も入っています。文中、「たかし山」とは「高師山」あるいは「高志山」とも書き、三河国《みかわのくに》の東部にある渥美郡高蘆郷《あつみぐんたかしごう》（愛知県豊橋市）の山で、広くはその東の遠江国《とおとうみのくに》（静岡県）浜名湖《はまなこ》西岸にかけて広がる台地も含めていいます。また実際の「浜名の橋」は浜名湖から遠州灘《えんしゅうなだ》に流れ込む浜名川に架かっていた長い橋のことです。この川は、現在では海岸近い浜名湖西岸から湖に向けて流れ込む小流となっています。

たかし山　夕越え暮れて　麓《ふもと》なる
浜名の橋を　月に見るかな

「京都から鎌倉へ帰る途中、三河国たかし山を夕方に越えるうちに日が暮れてしまいました。それでたかし山の麓の、遠江国の浜名湖に架かる橋を、東から昇ってきた月の光のうちに見ていますよ。美しい夜景です」。

貴族の和歌の世界では、「たかし山」は古くから知られていました。また「浜名の橋」は遠江国の歌枕《うたまくら》になっていました。歌枕とは、地名などを示す上品な言葉のことです。和歌では日常会話で使われる言葉や俗語《ぞくご》はできるだけ使わないようにとされていたのです。「遠江国」の歌枕が「浜名の橋」でした。つまり「遠江国に入ったよ」と言いたい場合、「浜名の橋」を使って表現したのです。

政村も重時と同じく、和歌に関わる貴族の文化を十分に理解していたということになります。

(6) 重時の家訓

重時の『六波羅殿御家訓』

重時は五人の女性との間に六人の息子がいました(他に幼少で亡くなった息子が三人います)。またそれぞれの母は不明なのですが、五人の娘もいました。そこで将来、兄弟あるいは兄弟姉妹が争い合うのを防ぎたいと、正しく生きるべき道を子どもたちに書き残しました。それは二種類あり、それぞれ『六波羅殿御家訓』『極楽寺殿御消息』と呼ばれています。『六波羅殿御家訓』が書かれたのは重時の壮年期と推定され、『極楽寺殿御消息』は最晩年の執筆と考えられています。

『六波羅殿御家訓』の序文には、次のような文章があります。

人の子は劣る親にはまさらぬ事なれば、覚ゆる事を大概《たいがい》書て奉る。是を違《たが》へず振《ふる》舞《まう》べし。

「子というものは、劣った親よりさらに劣っているものです。ですから親としての私は、今まで身につけてきたことだいたいをそなたたち子どもに書いて贈ります。その内容に背かないように行動しなさい」。

重時は親の真心を示しています。ただ息子たちは五人の女性（あるいはそれ以上）を相手にした六人ですから、重時の心配は誰の責任でもない、自分が蒔いた種です。

以下、『六波羅殿御家訓』には四十三ヶ条に及ぶ教訓が示されています。

重時の『極楽寺殿御消息』

次に『極楽寺殿御消息』の第九十六条に次のようにあります。文中、「勘当」とは「強く叱られること」という意味です。

主人の仰《おおせ》なりとも、よその人のそしりを得、人の大事になりぬべからん事を、いかにもよくよく申べし。それによりて勘当をかぶらん、くるしかるまじきなり。よくよくあんぜさせ給《たまい》候はゞ、道理に聞《きき》ゝて、いよいよ感心あるべし。又神・仏もめぐみ給ふべし。

「主君の命令であっても、他人に非難され、大きな問題になるであろうことは、ほんとうにそれを主君に十分に申し上げなさい。申し上げたことできつく叱られても、問題ありません。主君が深く思案をこらされれば、それが正しいと思われ、ますます感動されるでしょう。また神・仏も恩恵を与えてくださるでしょう」。

ここで重時は主君への仕え方の心構えを説いているのです。さらに、主君もまた自分自身を鍛えなければならないとも説いています。重時の子どもたちの身分ならば多くの家来を持っているであろうからです。

また『極楽寺殿御消息』第八十六条には次のような文章もあるのです。

馬にのりて、たかき坂をゆかん時は、生《せい》ある物なれば、くるしからんと思ひて、とゞめてやすむべし。よわき馬などにてたかき坂をばおりてひかすべし。畜生《ちくしょう》はかなしみふかき也。心得《こころう》べし。

「馬に乗って長く険しい坂を登っていく時は、馬だって生きているのだから苦しかろうと思って、止まって休みなさい。弱い馬でそのような坂を登る時は、馬を降りて家来に引かせなさい。家畜は深くかわいがってあげなければいけないのです。よく心得ておきなさい」。

弱い存在には心をかけてあげようとの配慮は、『六波羅殿御家訓』『極楽寺殿御消息』の随所に見られます。重時が心優しい性格であったことがわかると同時に、極楽寺一族として生き抜いていくにはどうしたらよいか、堅い決心を持っていたこともわかります。

(7) 重時の没

重時は弘長《こうちょう》元年（一二六一）十一月、六十四歳で亡くなりました。その数年前に連署を辞任、政治を引退していました。『極楽寺殿御消息』の最後の第九十九条には、そのころと思われる心情が述べられています。そこには、まず、「舟は舵《かじ》で恐ろしい波をも凌ぎ、荒い風をも防ぎ、大海をも渡ります」とあります。そして人間界の人は、

正直《しょうじき》の心をもちて、あぶなき世をも神・仏のたすけ渡し給ふ也。此心《このこころ》のよるところは、冥途《めいど》の旅にむかはん時、死出《しで》の山の道をもつくるべし。三途《さんず》の河の橋をも渡すべし。大かたをきど比《これ》なきほどのたから也。

重時と正直の心

「嘘・偽りのない心を持っていれば、危険な世の中でさえも、神仏が助けて渡らせてくださるのです。此の心を大切にしなければならないのは、死後、迷いの世界に行かなければならない時、この世との境にあるという死出の山を無事に越えられる道を作ってくれるでしょうし、冥途の三途の川を渡る橋も安全に渡してもらえるでしょう。ですから、『正直の心』はおよそ置くところがないほど大きな宝なので、『正直の心』

を大切にしましょう」と記されています。

この「正直の心」をもとにした和歌が、同じく『極楽寺殿御消息』第九十九条の次に記されています。

死出の山　あしき道にて　なかりけり
　心の行て　つくるとおもへば

「死後には越えなければならないという険しい死出の山の道も、『正直の心』が作ると思えばそんなに悪い道ではなさそうです」。

また亡くなる二年前には藤沢にあった極楽寺を鎌倉に移しました。その世話に当たったのが真言律宗《しんごんりっしゅう》の忍性《にんしょう》です。亡くなった年の四月には極楽寺に重時の別荘が建てられ、そこに住むようになった重時を将軍宗尊《むねたか》親王が訪問しています。二人は親しい関係でした。

重時と将軍宗尊親王

宗尊親王は仁治三年（一二四二）生まれで、後嵯峨上皇《ごさがじょうこう》の第一皇子でした。親王は上皇にとてもかわいがられていました。しかし母の身分は高くありませんでした。そこで上皇は天皇に即位できる立場から外された親王の将来を心配し、幕府から征夷大将軍として望まれると積極的に承諾しました。建長四年（一二五二）のことでした。

当時はすでに幕府の援助で朝廷が繁栄しているとの認識が広まっており、皇族が将軍に就任するのは天皇即位に次ぐ栄誉を与えられることだと思われていたのです。この間、将軍就任に関する直接の交渉は、六波羅探題に就任していた北条長時《ほうじょうながとき》が担当しました。長時は重時の息子で、時頼の次に執権になった人物です。長時は、宗尊親王が実際に鎌倉に下ってくる時も旅を共にしています。

極楽寺重時
├長時
└葛西殿
　　‖──時宗
　北条時頼

十一歳の少年で鎌倉に下った宗尊親王のことを、時頼はもちろんながら重時も大切に面倒を見ました。それだからでしょう、親王は重時が亡くなったことがほんとうに悲しかったのです。また長時もすでに鎌倉に帰ってきて執権に就任していました。彼もまた、宗尊親王が心の内を打ち明けられる人物でした。

宗尊親王、重時の没を悼む

重時が亡くなった時、その死を悼んだ将軍宗尊親王の和歌が『続古今和歌集』に収められています。その詞書

に、

平重時《たいらのしげとき》身まかりてのち、仏事のをりしもあめのふりけるに、平長時《ながとき》につかはしける。

「極楽寺重時が亡くなってから、たまたま葬式の時に雨が降りました。そこで重時の息子の長時に贈りました」とあり、続いて、

おもひいづる　今日しもそらの　かきくれて

さこそなみだの　あめとふるらめ

「今日のお葬式で親切だった重時殿のことをいろいろと思い出しました。亡くなられて悲しいです。ですから、ちょうど空が急に暗くなって降ってきたのは、私の涙なのです」とその心境を詠んでいます。

おわりに

北条義時の三男として生まれた重時は、その思慮深い性格と、強い意志の心を持って朝廷と幕府の関係を良好に保ち、幕府での立場を万全にしました。政治家であり武将であり、そのいずれにおいても百戦錬磨《ひゃくせんれんま》の北条泰時が、〝敵の敵は味方〟として北

条氏の中で選んだのが重時でした。同時に、二人とも、人間関係が良好にいくように気を遣う気配りの名人であったことも興味深いです。

北条泰時や時頼の幕府政治や朝廷対策がうまく進んだのは、重時の功績によるところ大であると言うことができるでしょう。また極楽寺家が、北条氏の中で得宗家に次ぐ家格を維持し続けることができたのは、重時の功績でした。

他方、重時は多くの女性たちと関係を持ち、多くの息子・娘を儲けました。しかし、その中で成人した息子・娘たちが争い合うことを心配せざるを得なくなりました。それが子どもたちへの教訓を書き連ねた『六波羅殿御家訓』『極楽寺殿御消息』という成果となって残されていることには苦笑を誘われます。この両書は、鎌倉時代の人々の心を探る貴重な史料でもあります。その意味でも重時の功績は大きいです。

3 笠間時朝

～三十三間堂に名を残した鎌倉武将

★笠間時朝関係系図

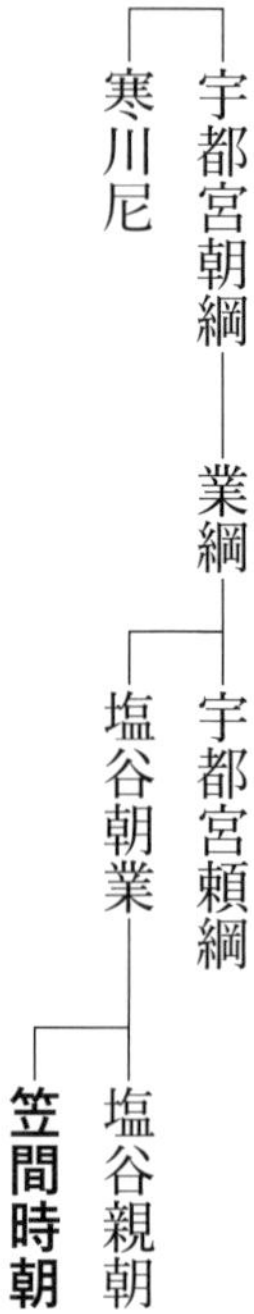
宇都宮朝綱
寒川尼
業綱
宇都宮頼綱
塩谷朝業
塩谷親朝
笠間時朝

はじめに

笠間時朝《かさまときとも》は、十三世紀の初めころ、宇都宮頼綱《うつのみやよりつな》の弟塩谷朝業《しおのやともなり》の次男として生まれました。頼綱は北関東の大豪族で、妻は北条時政の娘、幕府の有力者の一人でした。やがて時政を追放した義時から時政の味方をしたと疑われ、一族全滅の危機に瀕しました（拙著『鎌倉時代の和歌に託した心　続』「宇都宮頼綱」の項）。しかし仲直りしてからは義時、そして泰時に信頼される存在になりました。

時朝は養父でもあった頼綱から常陸国《ひたちのくに》笠間（茨城県）を所領として与えられましたが、幕府で目立った活動を始めるのは三十歳ころになってからでした。時朝はその年代に至るまで、和歌を詠む力を磨き、寺院神社の仏像に関心を持ち、幕府の御家人や京都の貴族との交際に力を入れていました。それは、のちに朝廷からは長門守《ながとのかみ》や検非違使《けびいし》に任ぜられ、また京都に交流の基盤を置く宇都宮歌壇を発展させるなどの結果となって現われています。

何歳のころに詠んだのかは明確ではありませんが、『撰玉和歌集《せんぎょくわかしゅう》』という歌集に採用された次の和歌は、時朝の悪げのない性格を示しているようで興味深いです。詞書に、「庭にさくらをうへたりけるが、さきたりけるを見侍りてよみ侍りける（庭に桜の木を植えたのですが、その木に花が咲いたのを見て詠みました）」とあります。

花みれば　身のうれへこそ　わすれけれ
　のき葉のさくら　なをやうへまし

「家の中から軒端に咲く桜の花を見ていると、心の憂さも忘れてしまいます。この場所に桜の木をもっと植えよう！」。

いわば軍人であり政治家である人物のこのような気持ちを表明されると、何かホッとするものがあります。そして時朝の父朝業は、将軍源実朝と親しく、次のような和歌のやり取りをしていたのです。それは建暦二年（一二一二）のことであったといいますから（『吾妻鏡』同年二月一日条）、時朝九歳でした。実朝は次の和歌を朝業に送りました。

君ならで　誰にか見せむ　わが宿《やど》の
　軒端《のきば》ににほふ　梅の初はな

「あなた以外の、いったい誰に見せましょうか。私の家の軒端で匂っている、今年初めて咲いた梅の花を」。

これに対して朝業は次の和歌で返しました。

うれしさも　匂《におい》も袖に　余りけり
我為《わがため》おれる　梅の初花

「私の着物の袖に入り切らないほどのよい匂いとうれしさをいただきました。私のために折ってくださった、今年初めて咲いた梅の枝の花から」（拙著『鎌倉時代の和歌に託した心』「将軍源実朝」の項）。詠歌に優れていた朝業は、実朝の和歌の先生であったといいます。

時朝は実朝と父とのこの和歌を念頭に置いていたのではないでしょうか。「軒端」をキーワードにし、「梅」から「桜」に展開させて読者の興味を誘っています。

頼綱から笠間郡の支配を任された時朝は、安土桃山時代まで続く笠間氏十八代の祖となりました。

(1) 笠間時朝の誕生

時朝、宇都宮一族に生まれる

時朝は元久《げんきゅう》元年（一二〇四）、塩谷朝業の次男として生まれました（『吾妻鏡』文永二年二月九日条）。朝業の祖父の宇都宮朝綱《うつのみやともつな》は下野国《しもつけのくに》（栃木県）南部の大豪族で、その姉（妹）である寒川尼《さむかわのあま》は源頼朝の乳母でした。そのような関係から、源頼朝が伊豆国蛭ケ小島《いずのくにひるがこじま》（静岡県）で平清盛打倒の兵を挙げると、朝綱はいちはやく頼朝に味方し、のちに成立した鎌倉幕府で有力な立場を得ました。その嫡子が業綱で、業綱の次男の朝業は下野国中部の大豪族塩谷氏に婿養子として入りました。その結果、宇都宮氏は下野国南部から中部にわたる大豪族となりました。

のちに宇都宮氏が下野国の東隣りの常陸国笠間郡（新治東郡）を侵略すると、時朝はそこを与えられて笠間を名乗りました。時朝の兄は親朝《ちかとも》といい、塩谷氏の本領である塩谷郡付近を受け継ぎました。

時朝が誕生した元久元年といえば、宇都宮頼綱が弟の朝業や家来たちの大軍を引き連れて、下野国と常陸国との国境を越え、笠間郡に攻め込んで占領した年です。頼綱の引退した祖父朝綱が、国境付近に十年住んで侵略の機会を狙っていたものです。笠間はのちに時朝が領主となりましたので、いくつかの郷土史の書物には時朝はこの戦争に伴われてきたという記述があります。赤ん坊でも家来が守るから大丈夫だというのです。これらの書物では、時朝誕生の最初から笠間に縁があったとしたいのでしょう。それはあまりに早いとしてか、誕生を前年の建仁三年（一二〇三）とする説もあります（笠間史談会編『笠間時朝──その生涯と業績──』上、筑波書林、一九八〇年。同下、一九八一年）。

しかしいずれにしても、生まれたばかりの赤ん坊を戦争に連れていく者などいないでしょう。しかもこの時の戦争は完全な侵略戦争です。笠間に由緒のある、歓迎されるべき子孫が帰ってきたというものでもないのです。赤ん坊を連れていくのは危険この上もなく、また仲間には迷惑この上もありません。時朝のこの時の戦争参加は考えられないとするべきでしょう。

時朝、和歌を学ぶ

時朝はもちろん武将としての訓練を受けましたけれども、和歌もしきりに学びました。そしてこれは宇都宮一族に共通したことでした。彼ら一族は和歌の藤原定家とその後継者為家《ためいえ》と非常に仲よくしています。為家の妻は頼綱の娘なのです。そこに生まれた為家の嫡子二条為氏《にじょうためうじ》は、何度も母の故郷宇都宮や鎌倉に遊びに来ています。

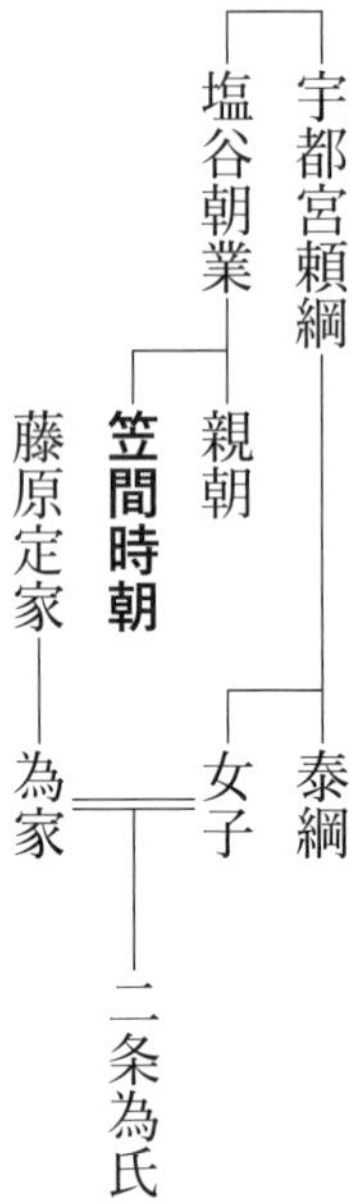

⑵ 鎌倉幕府での活躍

やがて時朝は鎌倉幕府で活躍するようになります。『吾妻鏡』にその名が出る最初は、嘉禎元年（一二三五）六月二十九日条です。この日、鎌倉・明王院《みょうおういん》での法要のため、将軍九条（藤原）頼経が参詣しました。その明王院の警備役に、北条経時、三浦泰村、金沢実時らとともに「笠間左衛門尉時朝」と出てきます。三十二歳でした。時朝はこの時以前に朝廷から左衛門尉に任命されていたものでしょう。以後、『吾妻鏡』には二十数度、時朝の名が出てきます。いずれもこのような警備役です。

(3) 左衛門尉時代の和歌

嘉禎四年（一二三八）、時朝は将軍頼経のお供の一人として上京しました。東海道を上っていく途中、駿河国《するがのくに》（静岡県）あたりにおいてでしょう、富士山を見ました。『撰玉和歌集』にそこで詠んだ和歌が載っています。

富士山と煙の和歌

雲のうへに　たちかさねたる　春霞《はるがすみ》
　いづれかふじの　けぶりなるらん

「富士山の上にかかる雲に霞が幾重にもかかっています。どれが富士山の火口から立ち上ってくる煙なのでしょうか」。

富士山は数百年に一度噴火します。平安時代初めや江戸時代にその記録があります。貴族たちには、文化的教養として、「富士山」といえば『竹取物語《たけとりものがたり》』の最後の部分に、

その煙、いまだ雲の中へ立ち昇るとぞ、言い伝へたる。

「富士山のその煙は、いまだに雲の中に立ち上っていると、言い伝えられています」

とあることを思い浮かべることになっていました。関東や東海道に住む武士から見れば、富士山は珍しい山でもないし、まして煙が立ち昇っているかどうかなんて関心のないことです。でも京都の貴族と付き合うためには、東海道を通ってきたと言えば富士山を話題にしなければいけないし、それに加えて「煙が立ち昇っているかどうか」という話を加えることによって「教養がある」としてもらえたのです。そういえば源頼朝が『新古今和歌集』に採用してもらった和歌の一つも、富士山の煙の歌でした（拙著『鎌倉時代の和歌に託した心　続』「源頼朝」の項）。

道すがら　ふじのけぶりも　わかざりき
晴るるまもなき　空のけしきに

「京都へ来る道中に見た富士山は、その噴煙も山もはっきり見分けがつきませんでした。晴れ間もない空模様《そらもよう》だったので」。

「はまなの橋」の和歌

続いて時朝は駿河国の最西部にある浜名湖まで来て、「はまなの橋」の上で次の和歌を詠みました（時朝の私歌集『前長門守時朝入京田舎打聞集《さきのながとのかみときともにっきょういなかうちぎきしゅう》』）。この「はまなの橋」の詠歌上の重要性については、本書「極楽寺重時」の項で述べてあります。

時朝はこの旅がとてもうれしそうな様子です。

たちわたる　はまなの橋の　あさかすみ
見てすぎがたし　春の景色は

「朝、浜名湖に架かる橋の上を通りかかると、明るい春の霞が立ち込めています。このまま通りすぎるのはもったいないです」。

⑷　検非違使時代の和歌

鹿島社にて

時朝は、仁治元年（一二四〇）にはやはり朝廷から検非違使に任命されました。『新和歌集』に、鹿島社（鹿島神宮）に参詣し初めて検非違使の衣装を身につけた時のうれしさを、次のように詠んでいます。文中、「白襖始《かりあおはじめ》」とは、検非違使の衣装である裏表共に白い狩衣《かりぎぬ》を、初めて身につける機会のことです。また「ゆうたすき」とは、神事の時に木綿《ゆう》を襷《たすき》にかけることです。

検非違使になりて白襖始に鹿島社に参りてよみ侍る。

ゆうたすき　かけていのりし　白妙の
袖にもけふは　あまるうれしさ

「検非違使に任命され、その白い狩衣を着る儀式のために鹿島社にお参りして詠みました。

検非違使に任命してくださいと、木綿の襷を掛けて真っ白な衣で鹿島神に祈ったその衣に、今日も袖を通してお礼を申し上げました。今、その袖に満ち溢れるようなうれしさでいっぱいです」。

鹿島社は、関東ではもっとも権威のある神社で、常陸国南東部にあります。時朝は常陸国に本領がありますから、その由緒で検非違使任官を祈ったのでしょう。

父朝業の墓前にての和歌

また藤原知家《ふじわらのともいえ》という正三位に上った貴族の編集した『明《めい》玉和歌集《ぎょくわかしゅう》』に、時朝の次の和歌が収められています。この和歌で、時朝はすでに亡くなっていた父塩谷朝業に検非違使任官を報告していたことがわかります。文中、「信生《しんしょう》」は朝業の法名です。この和歌にも時朝の喜びの気持ちが表現されています。

検非違使になりてのち、父信生が墓にまいりてよみ侍りけり

こけのしたに　くちぬ心も　とどまらば
このころもでの　花はみるらん

「検非違使に任ぜられて、父信生の墓にお参りして詠みました。

父を埋葬した、この苔の生えている地面の下に父の心が朽ち果てずに残っているなら、私が手に携えてきた供養のお花をご覧になっておられるでしょう。喜んでください、朝廷から検非違使に任官されました」。

ちなみに朝廷の位と職は、朝廷の人事担当者が適材適所の人物を見計らって決めるのではありません。すべて、奈良時代の初めから明治時代に至るまで「希望する者の中から朝廷の権力者が選んで決める」のです。希望し、願わなければ任命されません。時朝はその慣行に従って、人間関係をたどり、費用（賄賂《わいろ》）を使って「検非違使に任命してください」と何度も願い出たに違いありません。それが叶ったからこそ、とてもうれしいのです。

⑸　長門守時代とそれ以後の和歌

京都三十三間堂に仏像を寄進

時朝は、寛元二年（一二四四）ころ、朝廷から長門守に任ぜられました。

その九年後（建長五年）、京都・蓮華王院《れんげおういん》の三十三間堂《さんじゅうさんげんどう》と千一体の仏像復興に関わ

る事業に協力し、脇立《わきだち》の等身大の千手観音立像を寄進して、そこに名を残していま
す。「建長五年歳次癸十月従五位上行長門守藤原朝臣時朝」とある刻銘《こくめい》です。

なお、官位・官職を併記する場合、与えられている官位が与えられている官職より高い場合には官位の次に「行《ぎょう》」という一字を入れます。逆の場合には「守《しゅ》」です。

また文永《ぶんえい》元年（一二六四）にも千手観音立像を寄進しています。その右足枘《みぎあしほぞ》には自筆の墨書《ぼくしょ》で、

長門前司　　時朝

文永元年八月十一日（花押《かおう》）

という銘文が残されています。ちなみに幕府の御家人で三十三間堂に仏像を寄進したことがわかっているのは時朝だけです。

鹿島社に唐本一切経を寄進

時朝は建長五年（一二五三）から翌年にかけて長門守を辞任しました。そして同七年（一二五五）、鹿島社に唐《から》本一切経《ぼんいっさいきょう》を寄進しました。「唐本一切経」とは「中国から輸入した大乗仏教の経典全部」ということで、五千数百巻あります。巻物で伝えられていますので「巻《かん》」で数えます。これは大蔵経《だいぞうきょう》ともいい、非常に高価なもので、いつでも買えるということで

はありません。時朝は検非違使任官を祈ったことでも知られるように、鹿島神をあつく崇拝していたのです。

一切経寄進の和歌

時朝は、鹿島社に奉納した一切経の供養の儀式を、鎌倉鶴岡八幡宮の筆頭の別当である隆弁僧正《りゅうべんそうじょう》に依頼しました。そしていつならば適当な日か尋ねたところ、「神々も月が出ていない夜は好きではないので、月が出ている夜がいいですよ」という和歌の返事が来ました。そこで時朝は次のように詠んでいます（『前長門守時朝入京田舎打聞集』）。これは、天照大神《あまてらすおおみかみ》が素戔嗚尊《すさのおのみこと》の悪行《あくぎょう》に怒って天岩戸《あまのいわと》に隠れ、世の中が真っ暗になってしまった、その後出てきて明るくなったという神話を背景にしています。

久方《ひさかた》の　あまのとあけし　日よりして
やみをばいとふ　神としりにき

「久しぶりに天岩戸を開けて世界が明るくなった日から、鹿島神も闇が好きではないんだなと知りました」。鹿島社の祭神は建御雷神《たけみかづちのかみ》ですが、この神は天照大神の命で動いているとされています。時朝が貴族と教養を同じくしていることがこの和歌でも察せられます。

現在、この時朝寄進の一切経はほとんど散逸し、鹿島社（鹿島神宮）には所蔵されていませんが、茨城県立歴史館等五ヶ所にそれぞれ一巻ずつが保存されています。

なお、時朝のころも「唐本」と通称しましたが、時朝寄進の一切経は実際には唐のあとの宋《そう》の時代に印刷されたものです（木版）。

⑹ 時朝の没

世を厭う和歌

鎌倉時代の知識人、特に貴族の知識人たちには、「この汚い世を捨てて早く出家することが極楽往生のためにはよい」、だから「早く出家すべきだ」「でも、できていません。よくないことなのですが」と表現してみせる風潮がありました。貴族ではありませんが、貴族文化に親しんだ時朝も次のような『新続古今和歌集《しんしょくこきんわかしゅう》』に採用された和歌を詠んでいます。

有明《ありあけ》の　月よりも猶　つれなきは
　うき世をいでぬ　我が身なりけり

「夕方から待っているのに、満月以降の夜の月の出は遅くなってなかなか出てくれません。薄情《はくじょう》です。でもその月より薄情なのは、出家してこの世を捨てた方がいいと思っているのに、なかなかそうさせてくれない私の体なのです」。

貴族は、若いころに得た官位・官職がしだいに上がっていくことが普通であり、またそれを期待していました。そして自分の官位・官職を息子に譲ることが可能、という慣例もありました。でもそのためには出家などで引退しなければならなかったのです。そして出家してしまったら、その政治力はなくなってしまうので、出家するまで各方面に運動をする必要がありました。

先祖以来、自分の家で到達できるとされている官位・官職（これを極官《ごくかん》といいます）までは上っておきたい。ですから、いくら純粋な気持ちで出家したいと思っても、少なくとも極官が得られるまでは出家したくなかったのです。しかしそれには長い年月がかかります。それで「出家した方がよいことはわかっているんだけれど、出家できないんだよ」ということになります。出家できない理由は、誰でも知っているので、わざわざ和歌の中に詠み込むことはしなかったのです。

時朝の没

時朝は文永二年（一二六五）二月九日に亡くなりました。『吾妻鏡』当日条に次のように記録されています。

笠間長門守従五位上藤原朝臣時朝卒す。〈年六十二〉

朝廷から与えられた位は、執権たちでは北条泰時が正四位下、次の経時・時頼・時宗たちはいずれもが正五位下ですから、時朝のそれに続く従五位上はなかなか立派なものです。それだけ時朝の幕府・朝廷にわたる活躍が認められていたということでしょう。時朝の兄である塩谷親朝は従五位下でした。

おわりに

日本全体から見れば、笠間時朝は北関東常陸の一地方豪族であったに過ぎません。しかしその三十代からの活躍はめざましいものでした。その活躍の範囲は、北関東から鎌倉・京都へと広がり、貴族とも多くの交流を持ちました。それは彼の伯父の宇都宮頼綱やその娘婿藤原為家が優れた歌人であったことが背景にありました。幕府政治を動かすとか、朝廷と幕府の仲立ちをするとかの目立った働きはしておりませんし、またそのような身分でもありませんでした。しかし身分相応な活躍をし、その時々の心を和歌に託して書き残しておいてくれています。その和歌から、鎌倉時代の武士の心を探るべく、本書で取り上げました。

4 後嵯峨天皇

～安定した朝廷を目指した天皇

★後嵯峨天皇関係系図

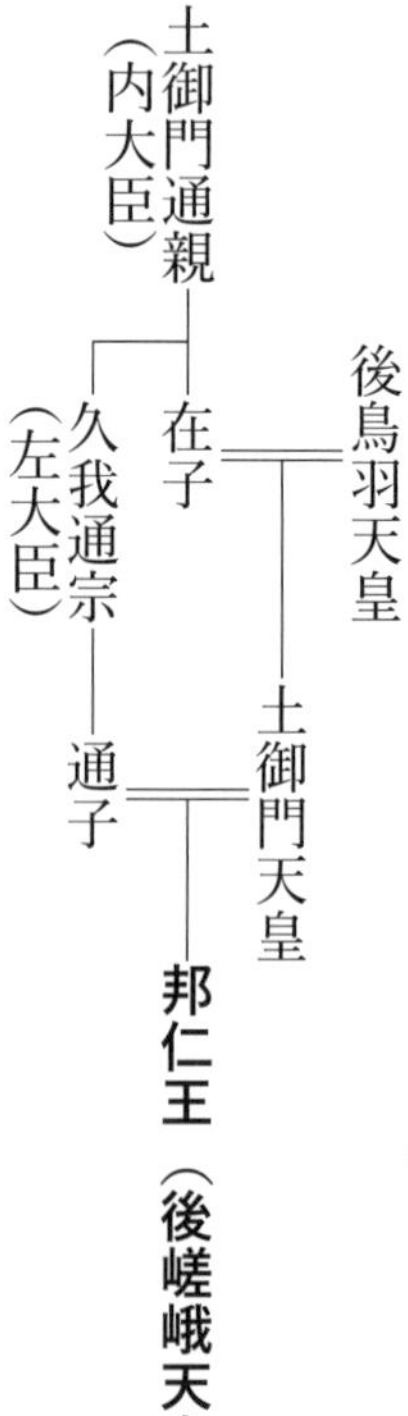
土御門通親（内大臣）
後鳥羽天皇
在子
久我通宗（左大臣）
土御門天皇
通子
邦仁王（後嵯峨天皇）

はじめに

後嵯峨天皇《ごさがてんのう》は、承久の乱で幕府方に敗れて隠岐《おき》の島《しま》に流された後鳥羽上皇の孫です。同時に、その後鳥羽上皇の企てに賛成しなかった息子土御門上皇《つちみかどじょうこう》の皇子でもあります。名は邦仁王《くにひとおう》といいました。この土御門上皇は、父が流された孤島で苦しい思いをしているのに、自分が京都でのうのうと暮らしているのは心苦しいと、鎌倉幕府に強く頼んで土佐国《とさのくに》（高知県）に流してもらいました。しかし土御門上皇に好意を抱いていた幕府は、同じ四国でも京都に近い阿波国《あわのくに》（徳島県）に御殿を建てて上皇を移し、優遇しました。

邦仁王は、その生まれが承久の乱の前の年ですから、わずか二歳で父と引き離されたのです。そして十年後、土御門上皇は流刑地《るけいち》で亡くなっています。したがって邦仁王は別れてから二度と父に会えなかったのです。そして母の久我《こが》（土御門）通子《みちこ》も、承久の乱後まもなく亡くなっていますから、邦仁王は天涯の孤児となりました。以後、土御門家の人たちに育てられました。

承久の乱後、土御門一門は政治的に没落してしまいましたので、邦仁王は二十三歳まで元服もできなければ、出家として新しい生活をすることもできないという不遇の境地に陥ってしまっていました。

ところが天皇家の偶然の状況により、邦仁王は幕府の後押しで天皇になることができました。後嵯峨天皇です。そして幕府の執権が第三代北条泰時、第四代経時、第五代時頼と移っていく中で、彼らの強い後援を得つつ院政を行ない、幕府を手本にして朝廷政治を固めていくことができたのです。

本項では南北朝時代に書かれた『増鏡《ますかがみ》』という歴史物語の力を借りつつ、後嵯峨天皇の和歌に託した心の動きを探っていきます。

(1) 後嵯峨天皇の誕生と不遇な少年時代

邦仁王（後嵯峨天皇）の誕生と不遇な少年時代・青年時代

後嵯峨天皇は承久二年（一二二〇）、土御門上皇の皇子として生まれました。名前は邦仁です。母は左大臣久我《こが》（土御門）通宗《みちむね》の娘の通子でした。

しかし翌年に承久の乱が起こり、祖父の後鳥羽上皇は鎌倉幕府方によって隠岐の島に流されてしまいました。それだけでなく、上皇の皇子たち十一人もすべて流されるか出家させられました（この乱以前に出家していた皇子もいました）。上皇の皇子で唯一、幕府が手をつけなかったのが土御門上皇でした。土御門上皇も含めた土御門一門が後鳥羽上皇の企てに反対し、中立の立場を取っていたからです。

父土御門上皇、阿波国に流してもらう

しかし土御門上皇は、父が隠岐の島に流されて辛い思いをしているのに自分が京都で楽な思いをしているのは申し訳ないと、幕府に再度にわたって依頼し、自分も四国の阿波国に流してもらっています。でも実際には流刑地に行くことさえ、大変な苦難が待っていました。その旅の途中、上皇は次の和歌を詠みました。

うき世には　かかれとてこそ　生まれけめ
　ことわりしらぬ　わが涙かな

「朕は、このような辛い目に遭えということで、この世に生まれてきたのだろう。そのように納得して苦難に耐えるべきなのに、でも分別もなくこぼれてくる朕の涙であるなあ」。

この間の土御門上皇の心情については、拙著『鎌倉時代の和歌に託した心』「後鳥羽上皇」の項で紹介しました。

邦仁王の母通子は承久の乱後まもなく亡くなり、王は母方の叔父や祖母に育てられています。しかし土御門家が政治的に失敗したために、邦仁王も含めて貧しい暮らしを余儀《よぎ》なくされました。父の土御門上皇は流されて十年後の寛喜三年（一二三一）、そのまま流刑地で亡くなってしまいました。邦仁王十二歳の時でした。

仁治二年（一二四一）一月、当時の天皇だった四条天皇《しじょうてんのう》が十一歳で元服しました。十二月には将来の中宮になる含みで、関白・左大臣の九条教実《くじょうのりざね》の娘彦子《ひろこ》が女御《にょうご》として入内していますす。まだ五歳でした。

邦仁王、元服も出家もできず

一方、邦仁王はすでに二十二歳になっているにもかかわらず、まだ元服の声もかからず、出家も周囲から抑えられているという状況でした。そこで王は不安を抑え切れず、次のような行動に出たと『増鏡』にあります。文中、「椿葉《ちんよう》の影《えい》二度改まる」とは、中国で上古にあったという八千年をもって一つの春の期間とする大椿《おおつばき》の葉が、二回枯れ、また芽を出すという長い年月のことを意味します（『荘子《そうじ》』）。春夏秋冬で合計三万二千年となりますが、「八」は「多数」という意味でもありますので、「椿葉の影二度改まる」とは

「長く栄える」という意味となります。

其の冬の頃、宮いたう忍びて、石清水《いわしみず》の社に詣《もう》でさせ給ひ、御念誦《ごねんじゅ》のどかにし給ひて、少しまどろませ給へるに、神殿の中に、「椿葉の影二度改まる」と、いとあざやかにけだかき声にて、うち誦し給ふと聞きて、御覧じあげたれば、明け方の空澄み渡れるに、ほしのひかりもけざやかにて、いと神さびたり。

「その冬（十月から十二月）のころ、邦仁王は特に忍んで石清水八幡宮に参詣されました。経典等軽やかに口ずさまれて、しばらくうとうとされていると、拝殿の中に「邦仁王よ、あなたは永く栄えます」というとてもはっきりとした気高く唱える声が響きました。それを聞いた邦仁王が驚いて顔を上げると、明け方の空が澄み渡っていて、星の光もはっきりと、とても神々しい様子でした」。

『増鏡』によると、邦仁王は「不思議な夢だな」と思いましたが、誰にも話さず「とまれかくまれ（とにもかくにも）」さらに勉強に励んだとあります。

⑵ 邦仁王の突然の即位＝後嵯峨天皇。幕府の後押し

ところが翌年の仁治三年（一二四二）一月、四条天皇が突然亡くなり、すぐに次の天皇を決めなければなりませんでした。その折、朝廷の最有力者だったもと摂政の九条道家《くじょうみちいえ》が、近い親戚である順徳上皇《じゅんとくじょうこう》の皇子忠成《ただなり》王《おう》を推し、ほとんど決まりかけました。しかし幕府の執権北条泰時は、もし忠成王が即位すれば、承久の乱の朝廷方の責任者の一人である順徳上皇が帰京することになるだろう、それは面倒と、承久の乱に賛成しなかった土御門上皇の息子邦仁王の即位を強引に推し進めてしまいました。後嵯峨天皇です。

邦仁王の即位

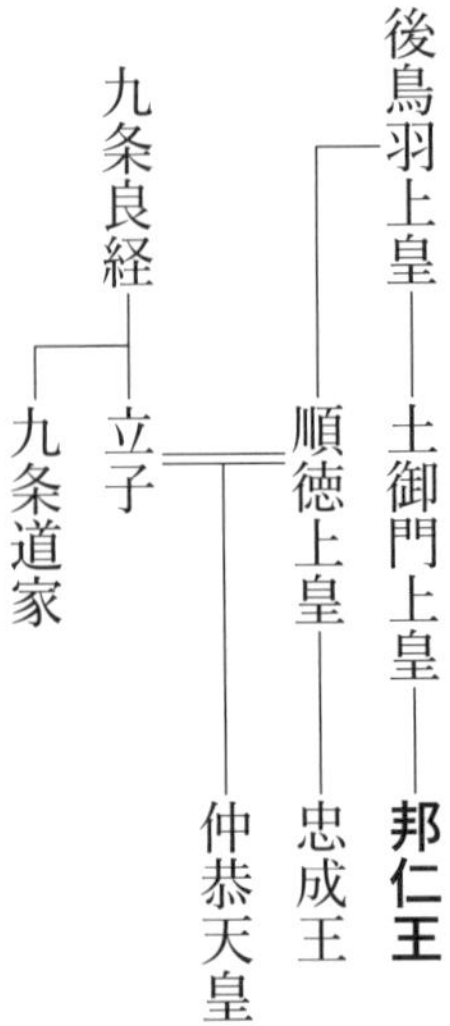

その直前のまだ何も決まっていない時、泰時の使者安達義景《あだちよしかげ》が邦仁王の屋敷を訪ね

ると、「門はむぐら強くかため、扉もさびつき柱根《はしらね》くちて開かざりける（門はつる草がたくさん絡みつき、扉はさびついて柱の根は腐ってしまって開かない）」のを家来に命じて無理に開かせると、「庭には草深く、青き苔のみして、松風より外はこたふるものもなく、人の通へる跡も無し（庭には草が深く生い茂り、青い苔で満ち、呼んでも松の風より応える声もなく、人が通った気配の道もありませんでした）。

それでも、義景の呼びかけに、もしやと思って邦仁王の屋敷を訪ねてきていた大納言土御門定通《つちみかどさだみち》（邦仁王の叔父）が出てきました。そこで義景が「阿波の院の御子、御《おん》位《くらい》に（邦仁王様に即位していただきましょう）」と申し出ると、

院の中の人々、上下夢の心地《ここち》して、物にぞあたりまどひける。

「屋敷の中の人たちは、身分の高い者も低い者も夢のような心地で、ふらふらして家具に突き当たったりしていました」。

『増鏡』は、貧しい邦仁王の即位が伝えられた時の様子を以上のように述べています。

幕府を手本に強力な院政を敷く

寛元《かんげん》四年（一二四六）、即位して四年後の後嵯峨天皇は四歳の息子に天皇の位を譲り、即位させまし

た。すなわち後深草天皇《ごふかくさてんのう》です。自分は上皇となって院政を始めました。それだけでなく、幕府の評定衆を手本にして院の評定を作り、強力な指導力を発揮しました。奈良時代以来、朝廷では太政大臣・左右大臣・大納言・中納言・参議という合計十数人の公卿が会議で話し合いをしながら政治を進めていました。この院の評定は、上皇お気に入りの十余人が物事を決めていくもので、公卿会議の上位に置かれたのです。

息子宗尊親王を最初の皇族将軍とする

また建長四年（一二五二）四月、後嵯峨上皇は第一皇子の宗尊親王を皇族で最初の征夷大将軍として積極的に鎌倉に送り込んでいます。

後嵯峨天皇――宗尊親王
　　　‖　　　├後深草天皇
　　　‖　　　└亀山天皇
西園寺実氏――姞子

このように政治的意欲に燃える後嵯峨上皇は、同年九月十三日の夜に月を見ながら、ふと吹いてきた秋風に想いを凝らしました（『新後撰和歌集』）。

山ふかき　住まひからにや　身にしむと
　都の秋の　風をとはばや

「都の秋の風は冷たい。こんなに身にしみるのは、この風が山深いところに住んでいるからだろうかと、そこを訪ねて訊いてみたいものだ」。

広い視野の和歌

一ヶ月後の閏九月、都の西にある摂津国吹田《せっつのくにすいた》（大阪府）を訪れました。そこには上皇の中宮姞子《よしこ》の父、西園寺実氏《さいおんじさねうじ》の山荘があったのです。上皇はそこで人々を集め、それぞれ十首ずつ和歌を詠ませました。次は上皇自身が詠んだ十首の中の一首です（『風雅和歌集《ふうがわかしゅう》』）。

もろこしも　おなじ空こそ　しぐるらめ
　唐紅《からくれない》に　もみぢする頃

「中国も、空は繋がっているからこちらと同じく時雨れているでしょう。中国から輸入したと伝わる、唐紅という美しい染めの色さながらに木々の葉が紅葉するこのころは。この時雨に濡れれば濡れるほど、木の葉は色美しく紅葉するのですよ」。

秋風の住まいはともかく、後嵯峨上皇は意気軒昂《いきけんこう》、中国のことまで意識している日常だったようです。

また後嵯峨上皇が初めて西園寺実氏の別荘西園寺を訪れた時のことが『増鏡』に述べられています。西園寺は実氏の父であり、中宮姞子の祖父でもある公経《きんつね》が京都北山に建立した寺院です（今日の鹿苑寺《ろくおんじ》のあたり）。上皇は各地に行幸《ぎょうこう》することを好み、昔からの遊びをさまざまに現代風に変えつつ楽しんでいると評価されていました。またそれは幕府の武士に圧倒されている貴族の文化の復興でもあると、貴族に好感を持って迎えられたようです。

この西園寺行幸の時、実氏は何代かの天皇の和歌の筆跡を献上しました。そこに自分の次の和歌を書き添えたのです。

伝へきく　聖《ひじり》の代々《よよ》の　跡《あと》を見て
　古きを移す　道ならはなん

「昔の、優れていると伝えられている代々の天皇の筆跡を見て、その古きよき時代を偲び、現代に再現する方法を学びましょう」。

後嵯峨天皇は次のように返しました。

知らざりし　昔に今や　かへりなん
　かしこき代々の　跡ならひなば

「今まで知らなかった昔のことが現代に蘇ってくるだろう。すばらしい時代を築かれた代々の天皇の筆跡を学ぶならば」。

実氏は寛元四年（一二四六）に太政大臣になっています。後嵯峨上皇は岳父《がくふ》で太政大臣でもあり、二十六歳の年上でもある実氏の気持ちをすなおに受け取り、返歌をしたのです。このできごとは、『増鏡』に後嵯峨上皇が最初に西園寺の別荘に行幸した時のこととありますから、上皇が二十代後半のことでしょう。

南北朝分立の原因を作る

その後正元《しょうげん》元年（一二五九）、後嵯峨上皇は、中宮姞子との間の第二皇子恒仁《つねひと》親王十一歳を即位させ、亀山天皇《かめやまてんのう》としました。上皇と中宮との間の第一皇子である後深草天皇に譲位を迫った結果です。どのような理由からか、後嵯峨上皇と中宮姞子は二人の息子のうち、亀山天皇をよりかわいがっていました。しかしこれがのちの南北朝の混乱の原因となりました。後深草天皇は北朝、亀山天皇は南朝の祖とされています。

(3) 後嵯峨天皇の意欲

後嵯峨上皇は文永二年（一二六五）七月七日、京都・禅林寺《ぜんりんじ》で開催した歌会で自ら和歌を詠みました。上皇は四十六歳になっていました。治世約二十年です。和歌の中で、「さばえ」は夏五月にうるさく飛び回る蝿《はえ》のことです。「荒ぶる神」の「神」は人々を守る天上の神ではなく、人々に災いをなす地上の国《くに》つ神のことです。

さばえなす　荒ぶる神に　みそぎして

民しづかにと　祈る今日かな

「夏の蠅のようにうるさくて荒々しい国つ神に対し、川で禊をして、『お鎮まりください。平和な世の中にしてくださり、国の民が心穏やかに暮らせますようにお願いします』と祈る今日は、六月晦日《みそか》なのです」。この和歌は、『拾遺和歌集』にある藤原長能《ふじわらのながよし》の、

さばえなす　荒ぶる神も　おしなべて

今日はなごしの　祓《はらい》なりけり

「夏の蠅のようにうるさくて荒々しい国つ神もすべて一緒に、夏の終わりの今日六月晦日は半年の心身の穢れを祓い、これからの秋・冬という残り半年の無病息災を神に祈る神事なのです」を本歌にした本歌取りの和歌です。この神事を「夏越《なごし》の祓い」といいました。長能は平安時代中期の歌人です。

後嵯峨上皇は静かな人生を送る気分になりつつあったようです。これから三年後に出家しています。

⑷ 後嵯峨上皇の没

後嵯峨上皇は文永九年（一二七二）に亡くなりました。それから六年後の弘安《こうあん》元年（一二七八）に完成した『続拾遺和歌集』に、上皇の和歌が収められています。おそらく、晩年になって身体も弱ってきたころの詠歌でしょう。

男山《おとこやま》　老いてさかゆく　契りあらば
　つくべき杖も　神ぞ切るらむ

「男山の坂を登って石清水八幡宮に祈願したかいがあり、朕は老いてからもずっと栄えていくと約束された。その朕の人生ならば、いずれ使うであろう杖も神が自ら切って朕を助けてくださろう」。

そして正和《しょうわ》三年（一三一四）に成立した『玉葉和歌集《ぎょくようわかしゅう》』には、同じく晩年と推定される後嵯峨上皇の願いが込められた和歌が収められています。

この君の　御代《みよ》かしこしと　呉竹《くれたけ》の
　するずゑまでも　いかで言はれむ

「将来、朕の時代を思い出して、『あの後嵯峨天皇の治世は立派ですばらしかった』と人々にも、どうかして誉めたたえられたいものだ」。

おわりに

後嵯峨天皇は二十歳過ぎまで、非常に不遇の時代を過ごしました。しかし偶然の機会に天皇に即位すると意欲的な政治を行ないました。それは貴族では西園寺家の保護、武士では鎌倉幕府の強い後援があったので成り立ったことでした。また後嵯峨天皇が上皇になってから進めた院政は、平安時代後半、武士の発展から動揺した貴族社会を守ることになりました。それは最初が白河上皇、引き続き鳥羽・後白河・後鳥羽と過ぎたのち、院政五代目の後嵯峨院政になってはじめて武士との協力関係の上に成り立った院政でした。また長年幕府が希望していた皇族の征夷大将軍に、自分の皇子である宗尊親王を任ずることも行ないました。それは建長四年（一二五二）のことで、承久の乱（一二二一）の後始末がやっと終わったということが言えます。

ただ一方では息子の後深草天皇と亀山天皇をそれぞれ即位させたことにより、のちの南北朝の混乱を準備したということも言えるのです。

5 一遍

～全国を遊行、おどり念仏で知られる

★一遍関係系図

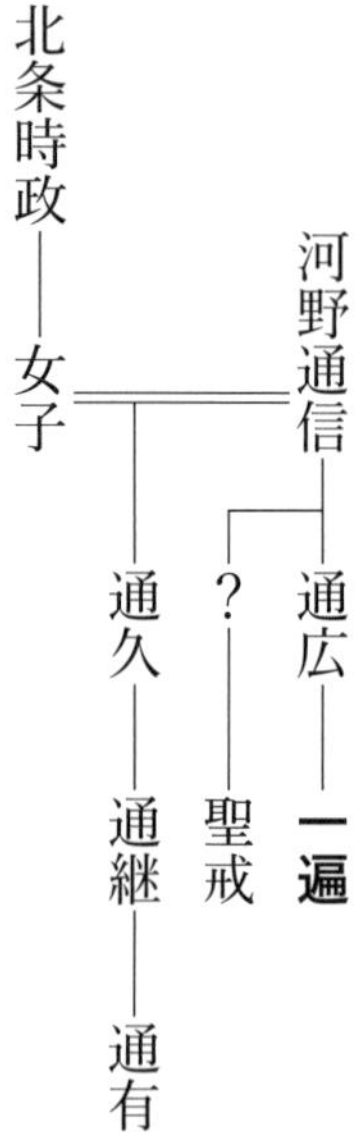
河野通信
北条時政
女子
通広
一遍
?
聖戒
通久
通継
通有

はじめに

一遍《いっぺん》は鎌倉時代の念仏僧で、伊予国道後《いよのくにどうご》（愛媛県松山市）で生まれました。瀬戸内海に近い地域です。彼は浄土宗《じょうどしゅう》の宗祖法然《ほうねん》の曾孫弟子に当たりますが、さらに徹底して念仏に生き、現代に続く時宗《じしゅう》という宗派の宗祖となっています（拙著『時宗成立史の研究』吉川弘文館、一九八一年）。

一遍は十歳で出家し、十三歳の時に北九州に行って浄土宗西山派《せいざんは》の修行をしました。西山派は法然の高弟の一人である証空《しょうくう》に始まる宗派です。その後、父が亡くなったことによって故郷に帰り、僧侶をやめて還俗生活を十年余り送ります。

やがて念仏に生きる生活への思いやみがたく、再び出家してまた九州から畿内、信濃国《しなののくに》（長野県）から紀伊国《きいのくに》熊野（和歌山県）、そしてさらに信濃から東北、南下して関東へと、神社・寺院に参詣しつつ念仏を称えながら歩き回ったのです。途中、信濃国では善光寺に参詣し、熊野では熊野社に参詣して念仏の境地を深めました。

一遍は衣食住の生活をすべて捨て、ただ念仏のみを称えて阿弥陀仏の救いにあずかりたいという願いが強く、そのために捨聖《すてひじり》と呼ばれました。「聖」というのは、住所を定めずに各地を歩き廻って仏教に生きる人のことです。また各地を歩き回って修行することを仏教では遊行《ゆぎょう》といいますので、一遍は遊行聖《ゆぎょうひじり》とも呼ばれました。さらに、救われた喜びを飛び跳ね、躍《おど》り上がりながら念仏を称えることで表現しました。これを「おどり念仏」と称しています。一遍の意識では、現代に使われている「踊り」念仏という柔らかい表現ではなく、「躍り」念仏という激しい動きを意味していました。

また一遍には男女の人たちが遊行を共にするようになりました。常時、二十人ほどはいたようです。彼らを時衆《じしゅう》と呼んでいます。その集団を時宗と呼ぶのは戦国時代以降です。

(1) 一遍の誕生と浄土宗西山義の修行

一遍の誕生

一遍は、延応元年（一二三九）、伊予国道後で生まれました。父は豪族の河野通広《かわのみちひろ》です。祖父は河野通信《みちのぶ》といい、文治元年（一一八五）、源頼朝が壇ノ浦で平家を全滅させた時、源氏方の水軍（海軍）の主力となった河野水軍を率いた人物です。通信は北条時政の娘を妻にするなど、鎌倉幕府内で、また瀬戸内海地方で大きな勢力を持ちました。

しかし承久三年（一二二一）に起きた承久の乱において、河野一族は通信をはじめとして多くの者が後鳥羽上皇に味方しました。その結果、通信は捕虜《ほりょ》となって奥州に流され、一族の多くも殺されたり流されたりしました。領地もほとんどが没収されました。唯一、北条時政の娘を母とする通久《みちひさ》のみ幕府方で戦い、河野の名を残すことができました。この河野氏は、数十年後の蒙古《もうこ》襲来《しゅうらい》における河野通有《みちあり》の活躍により、有力豪族としての復活を果たしています。

承久の乱で無事に生き残った一人に一遍の父通広がいます。彼は京都に出て出家し、法然の遺弟である証空の門に入っていたので無事だったのです。法名を如仏《にょぶつ》といいました。彼はやがて故郷に帰り、結婚をし、一遍を儲けました。幕府に敵対しなかったので領地も残されていました。

九州で西山義の修行

一遍は十歳の時に母を亡くし、父の指示で出家しました。そして建長三年（一二五一）、十三歳で九州大宰府の聖達《しょうたつ》のもとに送られました。さらにそこから筑前国《ちくぜんのくに》清水寺（福岡県鞍手郡若宮町）の華台《けだい》のもとに送られています。聖達も華台も、父と同じく証空のもとで念仏を学んだ僧侶たちでした。一遍は建長四年（一二五二）、聖達のもとに帰り、十余年の修行を積みました。

法然――証空――聖達
　　　　　　　├華台
　　　　　　　└如仏（河野通広）――**一遍**

(2) 還俗生活と再出家

故郷での還俗生活

弘長三年（一二六三）、父の死により故郷に帰った一遍は、しばらく還俗生活を送っています。結婚をし、子どもも生まれました。女の子でした。翌年には蒙古が襲来し、従兄弟の息子である河野通有も北九州に出陣しました。その危機感と慌ただしい空気は一遍のもとにも伝わっていたはずです。

再出家、妻子とともに各地を巡る

しかしながら還俗生活は一遍の心に合わなかったようで、文永八年（一二七一）には、また出家し、各地の寺院・神社に参詣したり、一人で修行したりしていました。そして文永十一年（一二七四）二月には、まだ持っていた家・財産を捨てて全国を回りつつ修行する旅に出ることにしました。ただなんとこの時、妻とまだ幼い娘そして一人の下人（荷物持ち）も連れていたのです。妻の名は超一《ちょういち》で、娘の名は超二《ちょうに》、下人は念仏房でした。

一遍＝超一
　　　│
　　超二

やがて一遍は摂津国の四天王寺《してんのうじ》に参詣し、その時から「南無阿弥陀仏」と印刷した小さな紙の念仏札を会う人ごとに配る念仏布教を始めました。これを賦算《ふさん》といいます。

熊野社に参籠

一遍は、文永十一年（一二七四）の夏、熊野社に参籠しました。これは熊野参詣の道で出会ったある僧侶に、「『南無阿弥陀仏』と称えてこの札を受け取ってください」と言いますと、「私は念仏を信じていない。それなのに『南無阿弥陀仏』と称えれば嘘をついたことになる」と札を受け取ってもらえませんでした。これに悩んだ一遍は、導きをいただこうと熊野社に参籠したのです。熊野神は阿弥陀仏が本地（本体）であると考えられていたからです。するとその夜、熊野神は、阿弥陀仏の十劫正覚《じっこうしょうがく》に一切衆生の往生は南無阿弥陀仏と決定《けつじょう》するところなり。

信不信を選ばず、浄不浄をきらはず、その札をくばるべし。

「阿弥陀仏はもと法蔵《ほうぞう》菩薩という名で、覚りを得るために修行していました。その修行の重要な一つとして五劫《ごこう》という無限に近い長い間思考を凝らした結果、すべての人を救う方法を考え出されました。それは『南無阿弥陀仏』という、覚ったのちの法蔵菩薩の名を称えるという方法です。そしてそれを考え出したということで、最終的に覚りを得て、阿弥陀仏となりました。それは今から十劫もの遥かな昔に決まったことなのです。それ以来、すべての人は『南無阿弥陀仏』と称えれば救われ、迷いの世界を出て阿弥陀仏の極楽浄土へ往生できるのです。これは阿弥陀仏の教えを信じるとか、信じないとかは無関係なのです。どちらの人でも、『南無阿弥陀仏』と称えれば救われて極楽往生できるのです。

ですから、信じるとか信じないとかで念仏札を配る相手を選ぶのではなく、戒律を守って体が浄らかな人を好み、そうでない人を嫌うとかもせず、その念仏札を配りなさい」と言われました（『一遍聖絵』。以下、引用は同書から）。

『六字無生の頌』

このお告げをいただいて、一遍はますます阿弥陀仏の救いの本質を理解したといいます。

さらに、その時に作った一遍の頌《じゅ》（漢詩）があります。これは『六字無生の頌《ろくじむしょうじゅ》』と称されています。

六字之中　本無生死　一声之間　即証無生

（六字の中、本《ほん》、生死無し。一声《いっしょう》の間、即ち無生を証す）

『南無阿弥陀仏』という六文字の中は、もともと、永久に迷いの世界を転々としなければならないという状態はないのです。そこは悟りの世界なのです。一声『南無阿弥陀仏』と称えているわずかの間に、すぐさま、生と死を超えた悟りの世界が現われますよ」。

⑶　遊行の旅

捨聖と遊行聖

以後、一遍は僧侶が守るべき十戒をさらに厳しく守り、名号《みょうごう》以外はすべて捨て切って遊行することに徹しました。当然、今まで一緒に旅をしていた妻と娘、お供の下人も捨ててしまいました（拙著『捨聖一遍』吉川弘文館、歴史文化ライブラリー、一九九九年）。一遍は思い切って決心したのでしょうけれども、妻と娘にとっては、一遍を夫に持ったこと、父を持ったことは不幸だったとは言えないでしょうか。

またこの年（文永十一年）の冬には蒙古が北九州に襲来しました。第一回目の襲来で、文永の役です。そのような国難の中で、熊野以後、一遍は四国・九州・山陽・京を巡り、弘安二年（一二七九）、信濃国小田切《おだぎり》の里（長野市中西部）に姿を現わしました。この旅の途中で、一遍を慕う人々が行動を共にするようになっていました。この人々を時衆といいました。

おどり念仏

一遍は小田切でおどり念仏を始めました。飛び跳ね、躍り上がったりしながら念仏を称えるのです。そして近江国《おうみのくに》守山（滋賀県）でのおどり念仏を見た延暦寺東塔《とうどう》の重豪《じゅうごう》という僧が、「おどりながら念仏を称えるのはけしからん。静かに称えるべきだ」と批判したので、一遍は次のように和歌で応えました。

はねばはねよ　をどらばをどれ　はるこまの

のりのみちをば　しる人ぞしる

「飛び跳ねたければ跳ねなさい、躍りたければ躍りなさい、春が来て喜ぶ若い馬のように。その馬は進むべき道を知っています。同じように、念仏を称えながら跳ね・躍る人でも、歩むべき仏法の道をわかっている人はわかっているのですよ。だから自由に飛び跳ね、躍っていいのです」。

重豪はさらに質問しました。

心こま　のりしづめたる　ものならば
さのみはかくや　おどりはぬべき

「心の中の馬を制御《せいぎょ》できているのなら、こんなに躍り・跳ねたいことがありましょうか。静かに念仏を称えるのが自然でしょう」。

さらにまた一遍の応えです。

ともはねよ　かくてもをどれ　こゝろこま
みだのみのりと　きくぞうれしき

「とにもかくにも、跳ねたければ跳ねなさい、躍りたければ躍りなさい、心の中の若々しい馬よ。念仏は阿弥陀仏の救いの御教えと聞くだけでうれしいのですから、そのうれしい気持ちを自由に表わしなさいよ」。

もともと一遍に関心のあった重豪はこれで納得し、比叡山を離れて熱心な念仏の行者になったそうです。

(4) 祖父河野通信と土御門前内大臣

祖父河野通信の墓にお参り

弘安三年（一二八〇）、一遍は奥州の江刺《えさし》（岩手県奥州市の北東部）に行き、祖父河野通信の墓にお参りしました。通信は承久の乱で後鳥羽上皇に味方し、敗れて江刺に流され、そこで亡くなっていたのです。ここで一遍は次の和歌を詠みました。

はかなしな　しばしかばねの　くちぬほど
　野原のつちは　よそにみえけり

「あっけないものです。少しの間で死体が朽ち果ててしまうと、野原の土になってしまい、人としての身近な存在ではなくなってしまうのです」。

通信は一遍誕生の十七年前に亡くなっていますから、もちろん一遍自身は通信に会ったことはありません。

四条京極の釈迦堂

弘安七年（一二八四）閏四月十四日、尾張国《おわりのくに》（愛知県）から近江国関寺《せきでら》を経て一遍は四条京極の釈迦堂に入りました。第二回蒙古襲来からまだ三年後ですから、世情不安な時期ではあったでしょう。そしてすでに一遍の名は広まっていて、釈迦堂は次のような状態であったといいます。

貴賤上下群をなして人はかへり見ることあたはず、車はめぐらすことをえざりき。

「貴族から庶民までの人たちが大勢つめかけていて、身動きができず、身分の高い人が乗ってきた牛車は向きを変えることもできませんでした」。

土御門通成に和歌で教えを説く

一週間ののちに因幡堂《いなばどう》に移動した時、前内大臣《さきのないだいじん》ですでに出家していた土御門通成《つちみかどみちなり》が訪ねてきました。一遍と話がしたかったのでしょうが、あまりに混んでいたためでしょう、会えず、あとで一遍に次のような和歌を贈りました。そこには自分の身分も記しました。

なお通成は、関白九条兼実を追い落として後鳥羽上皇を擁し、さらに土御門天皇の外祖父として強大な権勢を振るった内大臣土御門通親《みちちか》の曾孫です。当時六十歳でした。内大臣は正二位・従二位相当の、左右大臣に次ぐ高職でした。通親以来、土御門家の人が就任することが多かったようです。その一人の通成は、ふだん、中院《なかのいん》を名乗っていました。

土御門通親（内大臣）——定通（内大臣）——中院通方——┬——中院通成（内大臣）
　　　　　　　　　　　　　　　　　　　　　　　　└——土御門顕方（左中将）（従四位下相当）

一声を　ほのかにきけど　ほととぎす
　なをさめやらぬ　うたゝねのゆめ

「山の遠くで鳴くすばらしいほととぎすのかすかな一声のように、大勢の人のうしろでしか、あなたの念仏の声を聞けませんでした。ですから、私はまだそのありがたい念仏の意味がわからず、この仮寝《かりね》のような迷いの世界から目覚めることができないでいます」。

　次は通成の和歌に対して詠んだ、一遍の返事としての和歌です。

郭公《ほととぎす》　なのるもきくも　うたゝねの
　ゆめうつゝより　ほかの一声

「あなたがどのような身分の人か名乗っておられることも、それを私が聞いていることも、それは迷いの世界の意味のないことなのです。それより、かすかにしか聞こえなかったでしょうけれども、ほととぎすの声のようなあの一声、すなわち念仏こそ大事なのです」。

あわせて一遍は文章で次のようにも説明しています。

南無阿弥陀仏とゝなへて我心のなくなるを臨終往生《りんじゅうおうじょう》といふ。

このとき仏の来迎にあづかりて極楽に往生するを念仏往生といふ。

「『南無阿弥陀仏』と称えて、『あーだ。こーだ』と思い、悩む自分の心がなくなるのを、『この世での命がなくなり極楽に往く』といいます。この時、阿弥陀仏がお迎えに来てくださって極楽浄土に往くことを『念仏で往生する』といいます」。

通成がこれで納得したかどうかは不明です。

(5) 一遍の没

一遍は、正応《しょうおう》二年（一二八九）八月二十三日、播磨国《はりまのくに》兵庫（神戸市兵庫区）で亡くなりました。五十一歳でした。十数年間の野に伏し山に伏し、また時衆を率いる生活で体を痛めたようです。最後の半年ほどは病身でした。臨終の前日、一遍は最後の和歌を次のように詠みました。

南無阿弥陀　ほとけのみなの　いづるいき
　いらばゝちすの　みとぞなるべき

『南無阿弥陀仏』。もう私は臨終間近ですが、阿弥陀仏のお名前を吐く息で称えれば、その息を吸う一瞬の間に極楽浄土に往生し、その池に浮かぶ蓮の葉の上に座っているでしょうよ」。

臨終を示す「息を引き取る」という言葉があります。人間は息を吐いてから亡くなるのではなく、息を吸い込んでから亡くなるそうです。この和歌はそのことを背景にしています。

おわりに

鎌倉時代に生まれたいわゆる新仏教は、古代以来の厳しい戒律にこだわらず、念仏を称えれば救われる、『法華経』の題目を称えれば救われるという、易行《いぎょう》を特色とするものが目立ちました。しかしそのため鎌倉中期には乱れた生活をする修行者も目立つようになっていきました。そしてまたそのことに対する反省からでしょう、鎌倉時代中期の途中から後期にかけて、再び戒律を重視する動きも目立つようになりました。叡尊《えいぞん》や忍性の真言律宗等、その一例です。

一遍も戒律を重視し、これを厳しく守りました。その上で「南無阿弥陀仏」の名号に生きたのです。

なお、一遍の甥で同時に高弟の一人とされている聖戒《しょうかい》は、一遍の伝記絵巻である『一遍聖絵《いっぺんひじりえ》』を作成しました（国宝）。また一遍より一歳の年上ながら、やはり高弟の一人となった他阿弥陀仏《たあみだぶつ》真教《しんきょう》が一遍の後を継いで時衆を率い、今日に続く時宗の第二祖となっています。

6　北条貞時

～執権政治の復興を目指すも、成功せず

★北条貞時関係系図

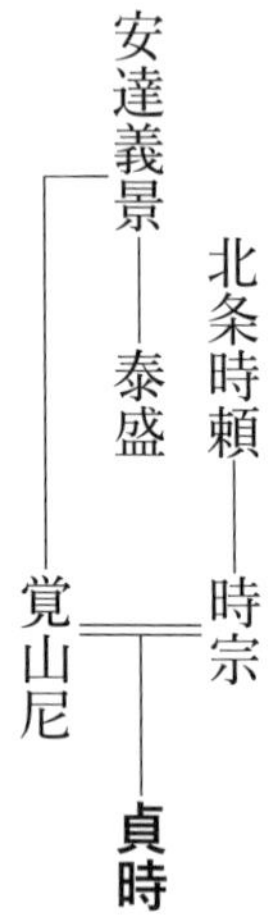

はじめに

北条貞時《ほうじょうさだとき》は、二度にわたる蒙古襲来を撃退したことで知られる北条時宗の息子です。蒙古は、まず時宗二十四歳の時に攻めてきました（文永の役）。父の時頼はすでに時宗十三歳の時に亡くなっていました。むろん、その後は周囲の者が時宗を助けたのですが、まだ若い時宗は大変だったことでしょう。そして第二回の蒙古襲来（弘安の役）はそれから七年後、時宗三十一歳の時でした。時宗にとって大きな不幸だったことは、名執権と呼ばれた父から「執権」としての教育をほとんど受けられなかったことです。

そして時宗も第二回の蒙古襲来を撃退してから三年後に亡くなってしまいました。息子の貞時は時宗が父を失った時とほぼ同じ、十四歳でした。貞時は、時宗と同じように、父からの教育をほとんど受けられませんでした。つまり、二代にわたって父が早死にしたのです。このことは、まだまだ続くかもしれない蒙古襲来と、それとは別の重大な社会問題に直面しつつある幕府にとって、滅亡の危機を迎える遠因になりました。

少年の貞時を助けた人物は、第一に、御家人（将軍の家来たち）のリーダーである安達泰盛《あだちやすもり》でした。泰盛は母方の祖父です。第二は、御内人《みうちびと》（北条氏の本家である得宗の家臣たち）のリーダーの平 頼綱《たいらのよりつな》でした。この頼綱は貞時の乳人《めのと》でもありました。

しかし泰盛も頼綱も勢力が大きくなりすぎました。そして貞時は二人をそれぞれ滅ぼして幕府を掌握し、意欲的な政治を行ないました。同時に和歌を熱心に学び、盛んに詠みました。それはどのような内容の和歌だったのでしょうか。そこには貞時ののどのような心が込められていたでしょうか。貞時の歌詠みとしての能力を高く評価した京都の貴族たちは、代々の執権の中でもっとも多くの和歌を勅撰和歌集に採用しています。

鎌倉時代を過ぎ、南北朝時代も最末期になった至徳《しとく》元年（一三八四）にでき上がった勅撰和歌集『後拾遺和歌集』に、貞時の次の和歌が収載されています。

夕まぐれ　山もとくらき　霧の上に
　こゑたてて来る　秋の初雁《はつかり》

「夕方、空にはまだ薄明るさが残るころ、山裾《やますそ》には暗い霧が漂っています。その霧の上に、しきりに鳴きながら渡ってきた、この秋最初の雁がいます」。

霧と雁の組み合わせは、貴族が秋の和歌を詠む時によく使われます。そしてこの和歌は秋の夕暮れを楽しむ貞時の穏やかな心を示しているようです。貞時の和歌の世界は、このように一貫して貴族文化を踏まえた静かな世界を示しています。貞時の心は安定していたかに見えます。

しかし現実には、貞時はやがて政治に疲れ、酒浸《さけびた》りになっていきました。よく、そのために社会が乱れ、幕府が弱化し、息子の高時《たかとき》の代で滅亡したと書かれている書物があります。しかし話は逆で、貞時がいかに努力しても対応できないほど、社会情勢が変化し、その変化が古い体制を維持している鎌倉幕府を滅ぼしてしまったということなのです。貞時は穏やかで希望の見える和歌を詠むことで、心の安定を図っていたようです。

(1) 北条貞時の誕生

貞時は文永八年（一二七一）に誕生しました。父はまだ二十二歳と若い、第八代執権の北条時宗でした。時宗は十四歳で連署に就任、十八歳で執権就任という厳しい人生を送っていました。彼は、御家人たちから幕府の中の勢力争いや蒙古の襲来に対応することが期待されていました。

貞時の母は有力御家人安達義景《あだちよしかげ》の娘覚山尼《かくさんに》でした。ただ義景は覚山尼が生まれる前の年に亡くなっていますので、二十一歳離れた異母兄である泰盛の猶子《ゆうし》として育てられました（拙著『鎌倉北条氏の女性たち』「覚山尼」の項、教育評論社、二〇二二年）。

⑵ 御家人と御内人

御家人

御家人は、形から言えば将軍の家来です。ですから執権も御家人です。執権を除く御家人の代表格である泰盛は、蒙古襲来で恩沢奉行《おんたくぶぎょう》として活躍しました。「恩沢」というのは「恩賞を与える」という意味です。つまり蒙古に対してどの御家人がどのように戦って手柄を上げたかを判定する権限を持っていました。蒙古襲来に勝っても、幕府が恩賞として与えられる土地一つ獲得できたわけではありませんので、手持ちの小さな土地をさらに割って何人かに与えることしかできませんでした。でも「将来に与える」という約束はできます。つまり御家人の中における恩沢奉行の権威は強大なものになっていったのです。その権威は得宗を超えるという恐れが、得宗の御内人の中で強くなっていきました。

御内人

御内人とは得宗の家来のことです。得宗の権力が増すに従って数も増えていきました。彼らは、御家人が生活の基盤として拠って立つ農業と農民を獲得するのはなかなか困難です。それで新しく勢力を増してきた商業と商人、運送業社、宿《しゅく》（宿場町）や泊《とまり》（港町）等を保護しつつ支配下に置くという方針で勢力を発展させていきました。御内人の指導者を内管領《ないかんれい》《うちのかんれい》といいました。

御家人と御内人との争い

幕府の運営は、本来、北条泰時が定めた評定衆が議論して出た結果を執権、そして将軍が承認するという合議制でした。しかし北条時頼が三浦氏を滅ぼした宝治合戦（一二四七年）以後、執権専制政治に移行していきました。さらに、執権北条時宗の時代に、この体制を支える御家人の代表格安達泰盛と内管領平頼綱との争いが激しくなりました。そしてとうとう、両者の間に戦いが始まりました。それが霜月騒動《しもつきそうどう》です。

霜月騒動──平頼綱、安達泰盛を滅ぼす

しかけたのは平頼綱でした。彼は得宗貞時を擁し、御内人を率いて泰盛を滅ぼしてしまいました。それは弘安八年（一二八五）十一月のことでしたので、「霜月騒動」と通称されています。「十一月」の旧暦の名称が「霜月」だったからです。この騒動は全国に広がり、かなりの数の御家人が御内人に討たれました。その数は五百人以上であったといいます。以後、幕府では頼綱が強権を振るうに至りました。

この騒動ののち、貞時の母である安達氏出身の覚山尼は、安達氏の多くの女性や子どもたちを助け、逃しました。これがのちの安達氏復活に結びついています（拙著『鎌倉北条氏の女性たち』「覚山尼」の項）。

平禅門の乱――北条貞時、平頼綱を滅ぼす

霜月騒動の後、平頼綱が圧倒的な勢力を誇るようになりました。『保暦間記《ほうりやくかんき》』に、

平《へい》左衛門入道杲円《こうえん》、慉《おご》りのあまりに、（中略）今は更に貞時は代に無きが如くになり、

「頼綱は思い上がった行動をするあまりに、今では貞時はまったくいないも同然のありさまとなってしまい」とあります。

霜月騒動の八年後の永仁《えいにん》元年（一二九三）、精神的にも成長した貞時は北条一族の協力者を糾合し、頼綱を討って幕府政治の実権を手中にしてしまいました。

(3) 貞時の政治

かなり以前から、商業の発展によって生活が圧迫される御家人が多くなっていました。つまり世は鎌倉時代の後期で、その時期には物を買って豊かな生活を楽しむことを覚えた多くの御家人が、自分の農業収入以上の買い物をしたいために借金を重ね、担保にした領地を取られて苦しんでいたのです。貞時はそれらの御家人を救うために、徳政令《とくせいれい》（借金の棒引き）などの政策を次々に打ち出しました。

しかし一時的には助かる御家人がいても、いったん上がった生活程度というものはなかなか下げられませんから、また借金で苦しむという状況に陥ってしまう者も多くいました。馬や武器・甲冑を売る御家人も多かったようです。それでは「いざ鎌倉」という時に、将軍や執権のために働けません。

貞時の施策は十分な成果が上がりませんでした。

⑷ 貞時と和歌

このような激動の中で、貞時は心が苦しいことも多かったでしょう。彼はその心の救いを和歌を詠むことに求めました。その和歌は、京都の貴族たちの和歌の世界に気持ちよく没入することを理想としていました。それにより、理想から外れていく現実世界についての、心の葛藤《かっとう》を癒《いや》していたように見えます。

和歌の会を催す

得宗で執権に就任した者で、和歌を勅撰和歌集に採用してもらった数を上げると、次のようになります。

執権名	北条時政	義時	泰時	経時	時頼	時宗	貞時	高時
入集数	0	0	21	0	0	0	25	0

なんと採用されたのは泰時と貞時の二人だけでした。寿命は泰時六十歳、貞時四十歳ですから、貞時の和歌が貴族たちにいかに高く評価されていたかが窺えます。

正応五年（一二九二）、伊豆国の一宮である三島社《みしましゃ》に十首和歌《じっしゅのわか》が奉納されました。

これは北条貞時が数人の歌詠みに呼びかけて参加してもらったものです。「十首和歌」とは、複数の者が何らかの目的でそれぞれ十首ずつ詠んだ和歌のことです。この時に参加した数人の歌詠みとは、京極為兼《きょうごくためかね》・冷泉為相《れいぜいためすけ》・二条為道《にじょうためみち》・慶融《けいゆう》・飛鳥井雅有《あすかいまさあり》・宇都宮景綱《うつのみやかげつな》らでした。慶融は僧侶名で、他の五人はそれぞれ名字が異なります。しかし関係系図を見てみると、六人全員が近い血縁関係にあることが判明します。全員が仲がよいのではありませんが、当代一流の歌人ばかりです。その歌人たちが参加しようというのですから、いくら貞時が幕府の権力者とはいえ、彼らは貞時の歌詠みとしての実力を認めていたということでしょう。ただこの時に詠んだであろう貞時の和歌は伝えられていません。

次の系図中、【　】内の名は、この『正応五年北条貞時勧進三島社奉納十首和歌』に参加して和歌を詠んだ者です。

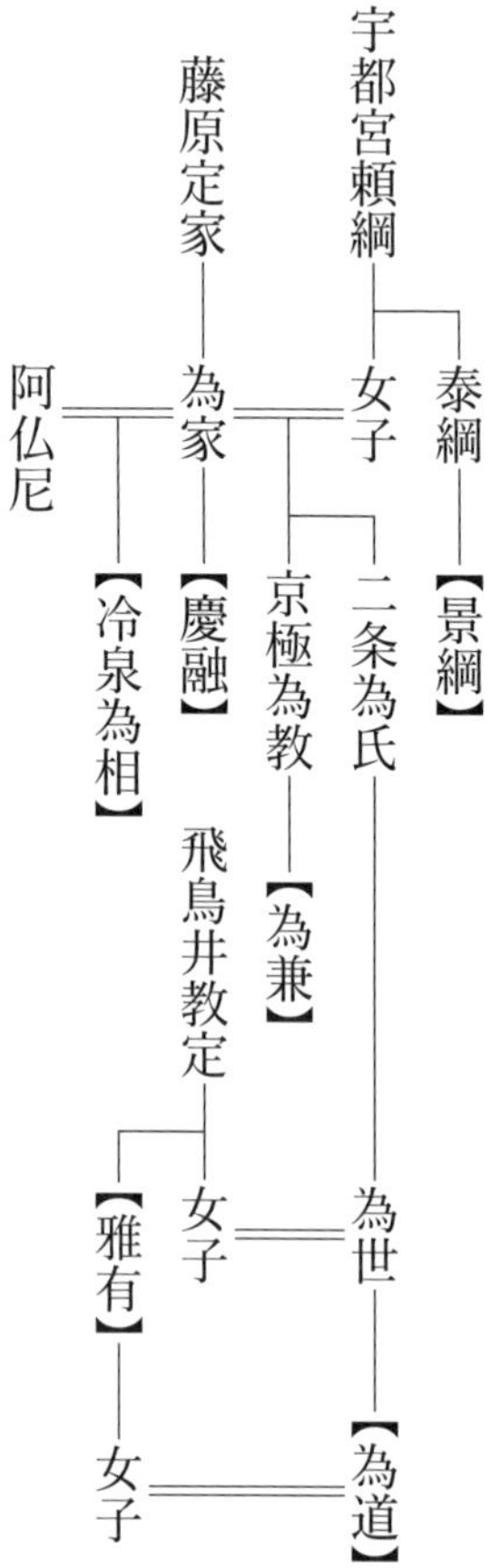

古典の世界に浸る貞時の和歌

このころに企画・編纂された勅撰和歌集である『新後撰和歌集』に、貞時の次の和歌が採用されています。

あかで猶《なお》　むすびやせまし　月影《つきかげ》も
　涼しくうつる　山の井の水

「暑いので、この山の水場の清水をもっと両手で掬《すく》って飲みたいのですが、すると手のひらからこぼれ落ちる滴が涼しげに映っている月の光の水面《みなも》を乱してしまいます。それでずっとためらっています」。

この歌は、『古今和歌集』に出る紀貫之《きのつらゆき》の次の和歌を本歌としています。

むすぶ手の　しづくににごる　山の井の
　あかでも人に　別れぬるかな

「山の水場で両手で掬った水が手からこぼれ落ち、水場を濁らせてしまいます。水場は浅いのです。それで十分な水を飲むことができません。それと同じように、十分にお話しできずにあなたと別れてしまったことはとても残念です」。

この和歌は夏の和歌ですけれども、貞時は秋に関わる歌も次のように詠んでいます。『玉葉和歌集』に収められています。

　空までは　たちものぼらで　有明《ありあけ》の
　　月におよばぬ　峰の秋霧《あきぎり》

「夜明け、山には霧が湧いています。しかし空まで立ち上ることはなく、満月が過ぎたあとの月には届かず、山頂あたりに漂っています」。

「有明の月」とは満月（月齢十四）からあとの月のことで、月齢十五から月齢二十九までを指します。そのころの月は、明け方にも沈まず、西の空に残っています。貞時は古典の世界に浸っています。

⑸ 貞時の出家引退

貞時の出家

正安《しょうあん》三年（一三〇一）八月、貞時は執権の座を一族の北条師時《ほうじょうもろとき》に譲って出家しました。貞時は、なかなか進まない政治改革に疲れ、飽き、このころには酒浸りになっていました。でも政治の実権は握り続けました。そして和歌を詠むことも続けました。それは平和な内容の和歌ばかりでした。それが唯一、心の拠りどころだったのでしょう。

次は、『玉葉和歌集』に採用された貞時の和歌です。『玉葉和歌集』は応長《おうちょう》二年（一三一二）に成立した勅撰和歌集です。この年は貞時が亡くなった翌年です。冷泉為相撰の『柳風和歌抄《やなぎかぜわかしょう》』によれば、この和歌は、為相の鎌倉の自邸での十首歌会で詠んだものです。

この和歌には、「竹間鶯《たけまのうぐいす》といふ事を（「竹の林にいる鶯」ということについて）」という詞書がついています。

窓近き　竹の葉風も　春めきて
　ちよの声ある　やどの鶯

「我が家の窓近くに生えている竹の葉をさらさらと吹く風も春が来たことを告げており、山から下りてきた鶯が、その竹の林で『チョッ、チョッ』すなわち『千代《ちよ》、千代《ちよ》』と私の政治による長久の平和な春を祝っているかのように鳴いています」。

冷泉為相は『十六夜日記《いざよいにっき》』で知られた阿仏尼《あぶつに》と藤原為家との間の息子です。異母兄の二条為氏との間で播磨国細川荘の領有権等を巡って争い、鎌倉幕府に訴訟を起こしていました。そのこともあって、為相はしきりに鎌倉に下り、鎌倉に屋敷も構えていました。御家人たちにも好んで和歌を指導し、鎌倉歌壇の指導者として仰がれていました。最後には嘉暦《かりゃく》三年（一三二八）、鎌倉で亡くなりました。鎌倉市・浄光明寺《じょうこうみょうじ》の近くにその墓地があります。

清少納言と鶯

ところで余談ながら、清少納言《せいしょうなごん》の『枕草子』第四十一段には彼女が鶯に抱く感想が書かれています。ある時、鶯が鳴いているので家の外に出てみると、

あやしき家の見所《みどころ》もなき梅の木などには、かしがましきまでぞなく。よるなかぬも、いぎたなき心地すれども、今はいかがせん。夏・秋の末まで老いごゑに鳴きて、「むしくひ」など、ようもあらぬ者は、名を付けかへていふぞ、くちおし

くくすしき心地する。

「正体《しょうたい》の知れない家の、特にこれといった見せ所もない梅の木などでは、鶯がうるさいほど鳴いています。夜になると鳴かなくなってしまうのも寝坊な感じがします。鳴き声を鑑賞してもらうよい時間帯なのに、これではどうしようもない。春だけでなく、夏から秋の末までずっと鳴き、とうとう虫歯になってしまったような声で鳴いて、『虫歯になった鳥』と呼ばれるのは、いまいましく不自然でそぐわない感じがします」。

清少納言はその父の影響で皮肉屋《ひにくや》だったといわれています。世の中で鶯、鶯と褒めたたえるのが気に食わなかったのでしょう。

(6) 貞時の没

応長《おうちょう》元年（一三一一）十月二十六日、貞時は四十一歳で亡くなりました。正妻である北条宗政《ほうじょうむねまさ》（時宗の弟）の娘との間には子どもはありませんでしたが、安達泰宗《あだちやすむね》の娘大方殿《おおかたどの》（覚海殿《かくかいどの》、山内尼《やまのうちのあま》）との間には高時という息子がいました。しかしまだ八歳でした。得宗は北条泰時の息子時氏以後、後継の息子にとっては早死にが続きました。高時の場合もそうでした。ここにまた混乱が生じています。

おわりに

北条貞時は第二回の蒙古襲来の直後に父の時宗を失いました。まだ十四歳だった貞時は、御家人や御内人の争いに巻き込まれ、また第三回の蒙古襲来も予想される中で、それらを乗り切るためにいろいろな苦労をしました。さらに社会の大きな転換期でもあり、いっそう大変な人生でした。その中で心の拠りどころとなったのが和歌を詠むことでした。その和歌を詠む力は、貴族の歌人たちも十分に認めていました。

得宗で執権になった者のうち、勅撰和歌集に詠歌を掲載された者は二人しかいません。北条泰時が二十一首、貞時は二十五首でした。泰時は承久の乱後の貴族たちに好意を持ってもらおうという政治的な意図もあって和歌を詠む練習をしました。貞時の場合、ほんとうに苦しい人生を生き抜く心の拠りどころとして和歌に向かったようです。そして貞時の和歌は、貴族の伝統的な文化を自分のものにした、透明な心を示していたのです。

7 後醍醐天皇

~天皇位を自分の子孫に伝えたい

★後醍醐天皇関係系図

注：①～⑪までの数字は天皇の即位順。

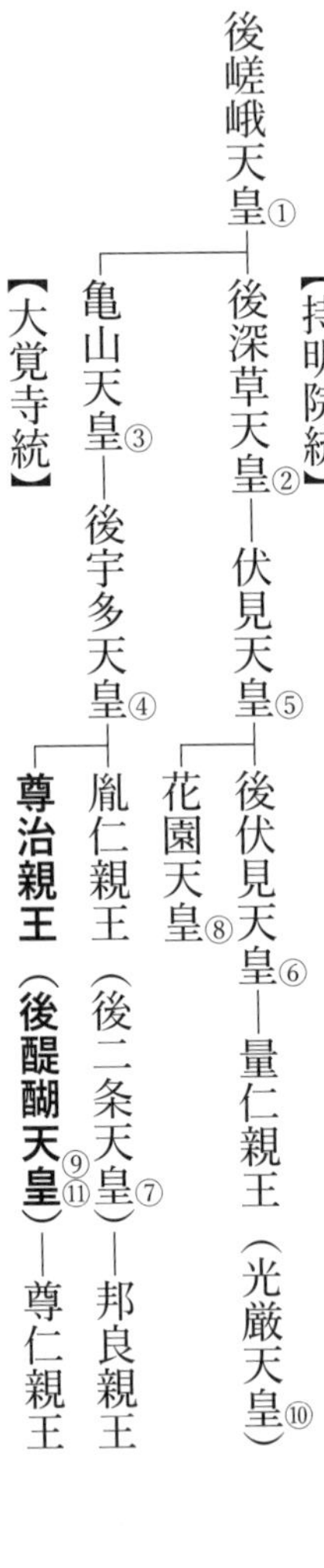

はじめに

鎌倉時代約百五十年を、仮に五十年ごとに前期・中期・後期と割ってみると、後醍《ごだい》醐天皇《ごてんのう》は後期に入ったばかりの時に生まれました。このころは社会がいろいろと変動してきていました。また朝廷に比べて幕府の力が圧倒的に強くなっていました。幕府の後押しがなければ天皇として即位するのは難しい時代でした。そして朝廷でも天皇の系統が二つに分かれて争うことが多くなっていました。

そのもとは鎌倉時代中期に、後嵯峨天皇が中宮との間の嫡男である後深草天皇より、弟の亀山天皇をかわいがったことに始まります。本書の「後嵯峨天皇」の項で述べたとおりです。兄の系統は持明院統《じみょういんとう》、弟の系統が大覚寺統《だいがくじとう》と呼ばれ、交代で天皇を出すことになり、次の天皇、次の皇太子、次の院政を担当する上皇まで、あらかじめ決めておく慣行が生まれました。そして後醍醐天皇のころには、持明院統・大覚寺統の中も、それぞれ二つの系統に分かれ始めたのです。計四つの系統です。前頁の系図を見ればそれは明らかです。

それぞれ弟の系統は天皇になるには弱い立場とみなされました。そして後醍醐天皇は持明院統の弟の系統ですから四番目ということになり、彼の息子はほとんど天皇にはなれないという見通しになります。「自分の次は後伏見天皇《ごふしみてんのう》の皇子たちに、次は後《ご》二条天皇《にじょうてんのう》の皇子たちに、さらにその次には運がよければ花園天皇《はなぞのてんのう》の皇子たちも即位できますが、自分の皇子たちが皇位につくのは不可能ではないけれども絶望的だ、これは理不尽なことだ」と後醍醐天皇は強く憤慨《ふんがい》したのです。

天皇を両系統で交代していくという両統迭立《りょうとうてつりつ》は朝廷方が始めたことですけれども、それが穏やかに進められていくのは幕府方にとっても好ましいことです。そのやり方なら朝廷に強い権力集団は発生しないでしょうから。そこで幕府も両統迭立を推し進めました。

後醍醐天皇は親王の時代、そして天皇になってからいろいろと考え、鎌倉幕府を廃止し、摂政や関白も置かない、院政もやらない、両統迭立も行なわない、天皇が絶対権力を持って政治を行なう親政の実現を目指したいとしました。そしてこれは平安時代中期の醍醐天皇《だいごてんのう》の時期がそうであったとして、いろいろな仕組みや制度をこの時代に戻すことを目標にしました。自分が将来的に贈られる諡《おくりな》も、あらかじめ「後醍醐」とする、と公言しました。

また、平安時代中期以来、即位した天皇のもとには三種の神器が伝えられました。逆に、三種の神器を持っている人が正しい天皇であり、その行なうことは正しいとされました。後醍醐天皇は、自分の手に三種の神器があるうちに新しい慣行を作ろうとしたのです。でもそれは、天皇の位をあくまでも自分の子孫に伝えたいという願いからであったのです。

後醍醐天皇が即位したのは、幕府の得宗として最後に当たる北条高時が執権の時代でした。幕府の統制力は落ち、御家人も各地で自立の動きが強まっていました。商業や輸送業に携わる人たちの社会的勢力も大きくなっていました。すでに鎌倉時代中期から存在していたのですが、悪党《あくとう》と呼ばれた人たちの勢力も増大していました。

悪党とは幕府に反抗する人のことで、幕府の基盤である農業だけに基礎を置くのではなく、合わせて商業、輸送業で勢力を拡大していました。「悪党」とは幕府側からの呼び名です。後醍醐天皇を助けたとして有名な楠木正成《くすのきまさしげ》も、楠木兵衛尉《ひょうえのじょう》と呼ばれたこともある悪党だったのです。

鎌倉時代を扱う本書の主旨に沿い、本項では後醍醐天皇が鎌倉幕府を倒そうと動き、成功し、建武《けんむ》の新政を始めたころまでを述べていきます。あらかじめ付け加えておけば、後醍醐天皇の動きは幕府方のみならず、皇族や貴族の多くも不快に思っていたという事実があったのです。

(1) 後醍醐天皇(尊治王)の誕生

尊治王、大覚寺統に誕生

後醍醐天皇は正応元年(一二八八)、大覚寺統である後宇《ご う》多天皇《だてんのう》の第二皇子として生まれました。名前は尊治《たかはる》、母は藤原忠子《ふじわらのただこ》で、天皇に仕える女官の一人である典侍《てんじ》を務めていた女性です。忠子の父は従三位参議の五辻忠継《いつつじただつぐ》でした。

親王の時代

正安四年(一三〇二)、後二条天皇(尊治王の兄)の時に十四歳で尊治王に親王宣下《しんのうせんげ》がありました。実は後二条天皇の前には、伏見天皇・後伏見天皇と二代続いて持明院統の天皇が続いたので、天皇家や貴族たちの間で険悪《けんあく》な雰囲気になっていました。そこで幕府が仲裁に入って大覚寺統の胤仁《たねひと》親王が皇太子となり、正安三年(一三〇一)に即位して後二条天皇となっていたものです。そして天皇の父である後宇多上皇が院政を行なっていました。尊治王が親王宣下を受けたのは実際には後宇多上皇からでした。

⑵　尊治親王、皇太子となる

延慶《えんきょう》元年（一三〇八）、後二条天皇は二十四歳で亡くなりました。次には大覚寺統の花園天皇が十二歳で即位しました。そして後二条天皇の遺子の邦良《くによし》親王が皇太子になるはずだったのですが、邦良親王は幼かったため、後二条天皇の弟尊治親王が皇太子となりました。そこに尊治親王即位後に邦良親王が皇太子となる条件がつきました。ここに花園天皇より年上ながら尊治親王が二十一歳で皇太子となりました。また花園天皇の治世の前半は父の伏見上皇が、後半は後伏見上皇が院政を敷きました。なかなか複雑な関係です。

年下の天皇の皇太子となる

この後醍醐天皇が親王であった時代に詠んだ和歌があります。『続千載和歌集《しょくせんざいわかしゅう》』に「みこの宮と申し侍りし時よませ給う《（マヽ）》ける

親王時代の和歌

（親王の時代にお詠みになられました）」という詞書付きで掲載されています。

さのみやは　春の深山《みやま》の　花をみん
　早すみのぼれ　雲の上の月

「趣は深いとは言っても、そういつまでも春の深い山の桜の花ばかり見ておられよう

か。早く光り輝く澄んだ姿を昇らせておくれ、雲に隠れている月よ」。
両統迭立という天皇のあり方、それに大きく関わっている幕府。社会は大きく乱れつつある。その中で自由がきかない天皇ではなく、よい政治を積極的に行なえる体制。自分はそれを実現したい。そしてその理想を子や孫にも受け継がせたい。早く即位したいものだ。この和歌には、このような親王時代の後醍醐天皇の意欲が窺えるのではないでしょうか。

⑶ 鎌倉幕府の執権北条高時の乱れた遊び

当時、日本を安泰にする義務を負っていた鎌倉幕府の執権北条高時は、日夜遊び呆けていたそうです。『太平記《たいへいき》』巻第五「相模入道田楽《さがみにゅうどうでんがく》を弄《もてあそ》び并《なら》びに闘犬事《とうけんのこと》」によれば、高時は遊びの中でも田楽と闘犬が大好きだったそうです。文中の「相模入道」とは高時のことです。まず、

田楽

其比《そのころ》洛中に田楽を弄事《もてあそぶこと》昌《さかん》にして、貴賤《きせん》挙《あげ》て是に著《じゃく》せり。相模入道此事《このこと》を聞及《ききおよ》び、新座本座《しんざほんざ》の田楽を呼下《よびくだ》して、日夜朝暮に弄事、他事《たのこと》無し。

「そのころ京都では田楽で遊ぶことが非常に盛んで、身分に関わらず皆が田楽をやり

たがっていました。高時はこのことを聞きつけて、田楽の新しい団体・古い団体とを問わず呼び集め、昼も夜も仕事もせずにひたすら田楽に耽っていました」とあります。

田楽は平安時代後期から各地で盛んになり、楽器を奏で、歌い、舞い、演劇的な要素も入っていたというのが鎌倉時代後期の様相でした。高時自身も舞っていたようです。『太平記』に、引き続いて、「或夜《あるよ》一献《いっこん》の有《あり》けるに、相模入道数盃《すはい》を傾《かたむ》け、酔《よい》に和《わ》して立て舞事良久《まうことややひさ》し（或夜、宴会がありました時、高時が何杯か飲み、酔に任せて立ち上がってしばらく舞っていました）」などとあります。

闘犬

また闘犬については、前述の『太平記』に、

相模入道（中略）或時庭前《あるときにわのまえ》に犬共《いぬども》集《あつまり》て噛合《くいあ》ひけるを見て、此禅門《このぜんもん》（＝高時）面白き事に思て、是を愛する事骨髄《こつずい》に入れり。

「高時（中略）ある時、目の前の庭に集まってきた犬たちがお互い噛み合っているのを見て、これはおもしろいと思い、心の底から好きになりました」。

それで全国から強そうな犬を集めさせ、二手に分け、「両陣の犬共を、一二百匹宛《ずつ》、

放し合わせたりければ、入違《いれちが》ひ追合《おいあい》て、上《うえ》に成《なり》下に成、噛合声《くいあうこえ》天を響《ひびか》し地を動《うごか》す（両方の陣の犬たちを、百匹二百匹ずつ放して闘わせましたので、多数の犬たちが入れ違い追い合い、組み合って上になり下になり、噛み合う声の響きが天に響き地面を動かすようでした）」。高時はその後さまざまに犬たちを闘わせる遊びにも夢中になったそうです。

むろん『太平記』は歴史物語ですから、高時の行ないは大げさに書かれている可能性はあります。でも尊治親王はこのような執権のいる幕府を廃してよい政治を行なおうとした、ということになります。

(4) 後醍醐天皇の即位と討幕活動

後醍醐天皇の即位

文保《ぶんぽう》二年（一三一八）、花園天皇は二十二歳で譲位し、尊治親王が三十二歳で即位しました。すなわち、後醍醐天皇です。院政は後醍醐天皇の父後宇多法皇が行ないました。元亨《げんこう》元年（一三二一）、法皇は院政を廃止し、後醍醐天皇の親政が開始されました。天皇は記録所《きろくじょ》を置き、領地争いをはじめとする訴訟を自分で処理することにしました。

正中の変

正中元年（一三二四）後宇多上皇が亡くなると、後醍醐天皇は皇太子邦良親王を廃して、自分の息子尊仁《たかひと》親王を皇太子にしようとしましたが、両統迭立の原則を守っていこうとする幕府に拒絶されました。後醍醐天皇は怒り、密かに討幕の計画を立てて実行し始めましたが、そのことは幕府に漏れてしまい拘束《こうそく》されました。しかし幕府は穏便に処理したのです。側近の日野資朝《ひののすけとも》を処分するだけで、天皇は釈放しました（正中の変）。

『増鏡』に正中二年（一三二五）十二月のこととして、次の話が載っています。それは後醍醐天皇が命じておいた勅撰和歌集編纂で問題が起きたことです。その歌集の中の「四季を奏する（春夏秋冬に関する和歌を選んで天皇に申し上げる）」担当者である二条為藤《にじょうためふじ》が亡くなったので、二条為定《ためさだ》が引き継いだというできごとです。その時、後醍醐天皇は次の和歌を詠みました。

数々に　集むる玉の　曇らねば
　これも我が世の　光とぞなる

「とてもたくさん集めておいたすばらしい和歌は、玉のように曇ることがないであろうから、これも朕の治世を輝かす光となるであろう」。後醍醐天皇は、天皇の行なうべきことを積極的に推し進めていたのです。
『続後拾遺和歌集』は正中三年（一三二六）に完成しました。そこには天皇としての後醍醐天皇の和歌も収められています。

世をさまり　民やすかれと　祈《いのる》こそ
我身《わがみ》につきぬ　思ひなりけれ

「世の中が平和になり、人々が安らかに暮らせるようにと祈ることこそが、朕の尽きない願いなのだ」。これは意欲に燃えた後醍醐天皇の実感であったのです。

元弘の変

その正中三年（一三二六）、皇太子邦良親王が亡くなると、後醍醐天皇の第一皇子である尊仁親王等四人の親王が候補に挙がりましたが、幕府は両統迭立の原則にもとづいて後伏見上皇の皇子である量仁《かずひと》親王を皇太子に立てました。そしてその関係者や幕府からの後醍醐天皇に対する譲位への圧力も強まりました。

そこでまた怒った後醍醐天皇は、これまた側近の日野俊基《ひののとしもと》を諸国に派遣して反幕府的な武士に呼びかけさせ、討幕計画を組み上げていきました。ところが元弘元年（一三三一）、計画は再び露見し、後醍醐天皇は笠置《かさぎ》に逃げました。その後、楠木正成の挙兵などがありましたが、結局天皇は六波羅探題に捕まりました。これが元弘の変です。

後醍醐天皇は立て籠もった笠置山で六波羅探題方に捕まってしまいました。その時詠んだ和歌が『新葉和歌集《しんようわかしゅう》』や『増鏡』『太平記』等に載っています。

まだなれぬ　いたやの軒《のき》の　むら時雨《しぐれ》
　おとを聞くにも　ぬるる袖かな

「鎌倉幕府方に捕まり、板屋根の家に閉じ込められているが、朕はこんな貧しい家には住んだこともなく、落ち着かない。この寒い季節、その屋根の上に小雨が降ってはやみ、やんでは降る音がしている。その音を聞いていると、また涙が流れてくる」。

後醍醐天皇廃位、光厳天皇即位

元弘元年十月、幕府と朝廷の反後醍醐天皇勢力によって後醍醐天皇は廃位され、皇太子であった十九歳の量仁親王が即位しました。光厳天皇《こうごんてんのう》です。

この中で後醍醐上皇は、翌年二月、次の和歌を詠みました。隠岐の島に流されていく途中で詠んだ和歌です。

命あれば　こやの軒ばの　月も見つ

又いかならん　行末の空

「今日まで命があったから、この小さい家の軒の端からきれいな月を見ることもできたのだ。またこれからどうなるだろうか。どんな空、どんな月を見ることになるだろうか」。

後醍醐上皇は、さすがに自分が殺されることはないと思っているのです。「又いかならん」という言葉にそれが表われています。命は何とかなると思った上で愚痴《ぐち》をこぼしているということでしょう。この和歌は『増鏡』に掲載されています。

⑸ 鎌倉幕府の滅亡

この間、楠木正成をはじめとする反幕府の動きも活発になり、幕府の中からも後醍醐上皇に従う武士も現われました。その中で元弘三年（一三三三）五月、足利尊氏《あしかがたかうじ》らが六波羅探題を、新田義貞《にったよしさだ》らが鎌倉を攻略し、ついに幕府は滅びました。六月、後醍醐上皇は仮にとどまっていた東寺《とうじ》から京都の皇居に戻りました。その時の上皇の思いが『増鏡』に記されています。

六月六日、東寺より常の行幸《みゆき》の様《よう》にて内裏《だいり》へぞ入らせ給ひける。めでたしとも、言《こと》の葉《は》なし。「昨年の春いみじかりしはや」と思ひ出るも、たとへ無く、今も御供の武士共、有りしよりは、猶《なお》、幾重《いくえ》とも無くうち囲み奉れば、いとむくつけき様なれど、こたみは、うとましくも見えず、頼もしくてめでたき御まもりかなと覚ゆ。

「六月六日、東寺からいつもの外出帰りのように皇居にお入りになりました。あまりにおめでたく、言葉で表現することもできませんでした。『昨年の春は大変だったたな』と思い出すと、比べることができないほど現在の状況が幸せでした。今も警備の武士たちがいますが、あの時よりずっと多い人数が周囲を警備していますので、とてもむさ苦しいのですが、今回は嫌な感じではなく、心強く立派な守備隊だなと思われました」。

しかし皇居では大変な生活が待っていました。

(6) 建武の新政

後醍醐上皇、天皇として復活

後醍醐上皇は再び記録所を設置し、雑訴決断所《ざっそけつだんじょ》等も新設して新しい政治を始めました。当然、光厳天皇は廃

位、後醍醐上皇は天皇として復活です。後醍醐天皇は、

今の例は昔の新義なり。朕が新義は未来の先例たるべし。

「現在の慣行は、昔には新しい企てだった。朕の新しい企ては将来の前例とするのだ」と宣言しました（『梅松論《ばいしょうろん》』上）。

和歌に見る後醍醐天皇の心

同じく元弘三年の九月十三日、すでに皇居で仕事を開始している後醍醐天皇は、次の和歌を詠みました。十三夜の月を前にして、「月の前で衣を擣《う》つ」との題で詠んだものです。

聞き侘《わ》びぬ　八月九月　ながき夜の
　月の夜さむに　衣《ころも》うつ声

「聞いているのも辛くなった。八月、九月と深まっていく秋の夜長、冷え冷えとした月の光が射す寒い夜に、砧《きぬた》の上で衣を打つ音を」。

絹や木綿などの衣料は川の水で晒し、また砧（厚めの板）の上で棒などで叩いて柔らかくし、艶《つや》が出るようにします。農民たちは夜なべに長い時間、衣を打つ作業をするのです。秋の夜を詠む話題として風流な話題ですが、しかし長い時間行なわなければならない作業であり、疲れます。

後醍醐天皇は幕府を倒し、新しい政治をめざして張り切っているのですけれども、実際にはいろいろと困難な問題があったことでしょう。夜も寝られず問題解決に当たっており、毎夜、いつまでも続く砧を叩く音に苛立ってきていたものでしょう。もう風流などとは言っておられない後醍醐天皇の生活だったのです。

同じ日の夜、後醍醐天皇は次の歌も詠んでいます。文中、「まがき（籬）」とは竹や柴などで目を粗く編んだ垣根のことです。

うつろはぬ　色こそみゆれ　白菊の
　花と月との　おなじまがきに

「決して衰えない永遠の色と光を見せているよ、白い菊の花に月の光が同居している垣根に」。

白い菊の花に輝く月の光が取り上げられているのは、次の紀貫之の和歌などがあります（『貫之集《つらゆきしゅう》』）。

いづれをか　花とはわかむ　長月《ながつき》の
　有明の月に　まがふ白菊

「どれが菊の花かと区別しにくいです、太陽が昇ってもまだ空に残っている月が垣根の白い菊と入り混じって」。

後醍醐天皇は自分の政治がすばらしいものとして永遠に光り輝いていくことを望み、また信じていたのでしょう。

そして翌年一月に建武と改元し、新しい政治を次々に行なったので、その一連の動きを建武の新政と称しています。

評判のよくない建武の新政

しかし後醍醐天皇の政治は、味方してくれた武士たちに対する恩賞が不透明であったり、改革と称する動きが急すぎたりしました。しかもそれが幕府や摂政・関白、両統迭立等の廃止や、天皇の系統を自分の大覚寺統だけにするなどもあったため、皇族や貴族の中からも強い反対が出ました。そのため、結局、後醍醐天皇は吉野に追いやられ、一地方政権の主として生涯を終えたのです。

おわりに

後醍醐天皇は鎌倉時代最末期の政治・社会の混乱の中で皇太子となり、天皇となりました。天皇家は数十年以前から持明院統と大覚寺統に分かれ、天皇位や院政担当を争っていました。そして後醍醐天皇のころには、この二つの系統がそれぞれの兄弟の系統に分かれ始めていました。すなわち四つに分かれかかっていました。誰が天皇になるか、院政を誰が敷くか、皇太子は誰になるか、皇族・貴族さらには幕府の利害がからみ合って大変でした。そして四系統の中でも、それぞれの弟の系統は立場が弱いと認識されていました。すると四系統の中で後醍醐天皇の系統がもっとも弱い立場だったのです。この状況を打破し自分と自分の子孫がずっと皇位を受け継いでいけるようにしたいと行動を起こしたのがその後醍醐天皇でした。

それまでの慣行を打ち破ろうとしたのですから、当然のように諸勢力が反感を持ち、その動きを止めさせようとします。後醍醐天皇の系統以外の三系統の皇族たちも同じです。将来的にまったく皇位につけなくなってしまいますから。

学問や詠歌・書道に優れた花園天皇は、元弘の乱で六波羅の幕府軍に乱れた髪・惨めな服装で捕まった後醍醐天皇のことを、その日記『花園天皇宸記《はなぞのてんのうしんき》』元弘元年十月一日条で「王家《おうけ》の恥（天皇家の面目を失った）」「一朝の恥辱（朝廷全体の不名誉）」とこき下ろしています。当時、天皇家や皇族は「王家」と呼ばれていました。

やがて後醍醐天皇はさまざまの改革に失敗し、吉野へ逃げて一生を終えることになります。

8 足利尊氏
～不安定な少年時代と青年時代

★足利尊氏関係系図

注：❶～❾は鎌倉時代における足利氏の歴代。

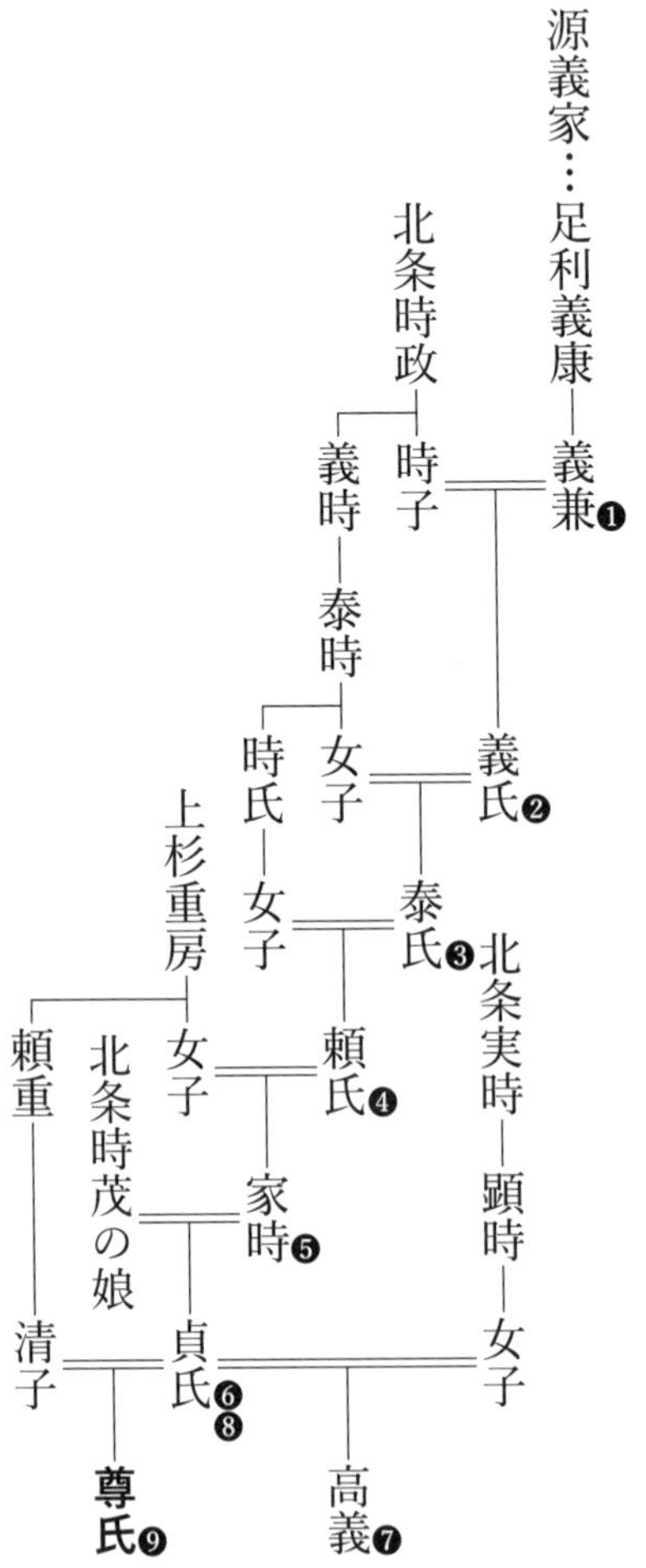

はじめに

足利尊氏《あしかがたかうじ》は、鎌倉時代後期に足利貞氏《さだうじ》の息子として生まれました。足利氏は鎌倉時代初めから妻には必ず北条氏の女性を迎えるという立場を得て、北条氏に次いで第二に格が高い豪族として存在し続けました。領地も全国二十数ヶ所に得ていました。

鎌倉時代末期に世に出た尊氏は、後醍醐天皇の意向に賛同して百五十年続いた鎌倉幕府を倒し、のち天皇に背き、南北朝時代が始まるもとを作った人物として知られてきました。第二次大戦終了前までは、後醍醐天皇は尊氏のためにさんざん苦労をさせられた、尊氏は天皇に背いた朝敵・国賊だったとまで言われました。

しかし本書「後醍醐天皇」の項で見たように、当時の皇族や貴族たちの多くは後醍醐天皇の動きに強い不快感を示していました。そのために後醍醐天皇は、南北朝と言えば聞こえはいいものの、南朝すなわち奈良の一地方政権として一生を終えました。逆に、足利尊氏は多数の武士の意向を糾合し、新たに光明天皇《こうみょうてんのう》を立て（北朝）、そのもとで征夷大将軍として室町幕府を新設するに至っています。

ところが尊氏は最初から父貞氏の嫡子、すなわち後継者だったのではありませんでした。やや複雑な過程を経て貞氏の後継者となったのです。他方、尊氏は少年のころから熱心に和歌を詠みました。彼の和歌は第十六番目の勅撰和歌集である『続後拾遺和歌集』に収められたのをはじめとして、六つの勅撰和歌集に合わせて八十六首が採用されています。その他の現存の和歌は七百数十首が知られています。ただしこれらはそのほとんどが征夷大将軍に任命されてからのものです。

本項では、鎌倉時代の足利氏のあり方から始めて、尊氏の誕生・足利氏の後継者になった経緯から後醍醐天皇に従って鎌倉幕府を滅ぼしたいきさつ、この間の詠歌を見ていきます。

(1) 足利尊氏の誕生と足利氏

尊氏の誕生

尊氏は鎌倉時代も十四世紀に入った嘉元《かげん》三年（一三〇五）、貞氏を父とし、上杉清子《うえすぎきよこ》を母として生まれました。上杉氏は京都の貴族でしたが、鎌倉へ下ってきて御家人となった氏族です。ただ清子は貞氏の嫡妻ではありませんでした。貞氏にはすでに嫡妻がいました。それは北条顕時《ほうじょうあきとき》の娘（釈迦堂殿《しゃかどうどの》）で、彼女との間に嫡男の高義《たかよし》が生まれていました。そこで尊氏は父にとっては次男ということになります。高義は永仁五年（一二九七）の誕生で、尊氏より八歳の年上でした。

鎌倉時代の足利氏

北条氏は源頼朝挙兵の折に、頼朝が頼りにした源氏の一人足利《あしかが》義兼《よしかね》を祖にしています。義兼が北条時政の娘政子《まさこ》の妹時子《ときこ》を妻にして以来、代々の妻は北条氏から迎える慣例になりました。そこで足利氏は鎌倉時代、北条氏に次ぐ家格を有して敬意を表されていました。義康《よしやす》から尊氏に至る系図はこの項の扉ウラに記したようになります。

(2) 足利義氏の活躍と和歌

足利義氏の活躍

鎌倉時代の足利氏の初代である義兼は、源頼朝に気に入られており、北条政子の妹時子を妻に迎えています。すでに他の妻との間に二人の男子がいたのですが、時子との間の息子義氏《よしうじ》を嫡男とし、足利氏の後継者にしました。これは以後の足利氏にも受け継がれました。

尊氏に至る足利氏の歴代の中で、もっとも活躍したのは義氏でしょう（誕生一一八九年、没一二五五年）。彼は和田合戦や承久の乱で北条義時・泰時をよく助けています。承久の乱の折に、北条政子が御家人を鼓舞する演説をした時、『吾妻鏡』承久三年五月十九日条には「北条義時・泰時・大江広元《おおえのひろもと》・足利義氏」以下の者が大勢集まりました、とあります。義氏が重きをなしていたことがわかります。またこの乱後、義氏は三河国守護職《しゅごしき》を得て子孫に伝え、足利氏は鎌倉・京都の交通路の中央部を抑え続けることができたのです。また義氏が庶長子を三河国吉良《きら》に土着させるなど、多くの有力な足利一族が三河国で勢力を固めています。

義氏は幕府の武士だけでなく、京都の貴族とも人間関係の結びつきを強めました。この点からも義氏は足利氏の勢力を大きくした功労者です。また義氏は貴族との交際のためか詠歌に造詣が深く、その観点からも多くの貴族たちに敬意を表されました。

足利義氏の和歌

次の和歌は、義氏が詠んで『後拾遺和歌集』に採用されたものです。

霰《あられ》振る　雲のかよひ路　風さえて
　乙女のかざし　玉ぞみだるる

「地上で舞っていた天の乙女が帰ろうとする空の道には、霰の混じる風が吹き渡っています。その白い霰は、強い風で砕けて玉のようになって散っている乙女の髪飾りのように見えます」。

この和歌は、僧正遍昭《そうじょうへんじょう》（八一六～八九〇年）が詠んで紀貫之編の『古今和歌集』に採用された、次の和歌を本歌にして詠んだものです。僧正遍昭は桓武天皇《かんむてんのう》の孫で、優れた歌人でした。

天つ風　雲の通い路　吹きとぢよ
　乙女の姿　しばしとどめん

「天を吹く風よ、地上に降りてきて舞っている天女たちが帰る空中の道があるだろう。その道を吹き飛ばし、彼女たちが天に帰れないようにしておくれ。私はこの天の乙女たちの舞姿をもうしばらく地上で見ていたいのだ」。

前掲の義氏の和歌とこの僧正遍昭の和歌とを合わせると、義氏の詠歌はなかなか妖《よう》艶《えん》なムードを漂わせていることがわかります。義氏は政治的能力が高かったと同時に、ずいぶんとくだけた人だったのではないでしょうか。それだから多くの知人ができたと推定されます。なお、僧正遍昭の和歌は、『百人一首』にも入っています。

建長元年（一二四九）義氏は上野国《こうずけのくに》足利荘に法楽寺《ほうらくじ》（群馬県足利市本城）を建立しました。その境内に「阿弥陀が池」という池がありました。義氏の夢のお告げにより、その池から阿弥陀仏像が引き上げられたのでそのように名づけたと伝えられています。彼はその八年前に出家していました。この法楽寺には次のような義氏の和歌が伝えられています。

浮世をば　わたらせ川に　みそぎして
　弥陀の生池《おいけ》に　すむぞうれしき

「浮世を渡ってきた私のこの晩年に、故郷の渡良瀬川で禊《みそぎ》をして、阿弥陀が出現された池のほとりで隠棲できるのはうれしいことです」。

義氏は五年後の建長六年（一二五四）に六十六歳で亡くなっています。

(3) 尊氏の活動と和歌

父の貞氏、長男の高義に家督を譲る

正和四年（一三一五）の段階で、十九歳の高義はすでに貞氏から足利氏の家督を譲られていました。このことは足利氏の家臣の人事に関わる命令書を発行していることで判明します。それは家督の者の権利だからです。

貞氏、再び家督を握る

ところが高義は二年後の文保元年（一三一七）に亡くなってしまいました。息子が一人いました。実名は不明ですが、のちに安芸守《あきのかみ》に任官し、鎌倉幕府滅亡後、尊氏とともに戦さに出ていたことは判明しています。その母、つまりは高義の妻は北条氏出身だったようです。そのため貞氏は高義没後の家督を尊氏ではなく、高義の息子に譲る考えだったようです。そこで家督を再び貞氏自身が担っています。それは前述の高義の場合と同じく、家臣の人事に関わる命令書を貞氏が発行していることでわかります。

尊氏、元服する

元応《げんおう》元年（一三一九）十月十日、尊氏は朝廷から従五位下に叙され、治部大夫《じぶたいふ》に任ぜられました。十五歳です。同日、尊氏は元服し、執権北条高時の名の一字をもらい、足利高氏《たかうじ》と名乗りました。十五歳での叙爵は、北条氏の得宗・赤橋《あかはし》家（極楽寺重時の家系）に次ぎ、同じく北条氏の大仏《おさらぎ》家・金沢家と同格の待遇です。いかに足利家が特別視されていたかわかります。

ただ貞氏は家督を尊氏に譲りませんでした。やはり高義の息子に未練があった気配があります。

た。

尊氏と和歌

このころ、尊氏は和歌を詠むことに打ち込んでいました。そして嘉暦元年（一三二六）に成った『続後拾遺和歌集』に、勅撰集として初めて彼の和歌が採用されました。それは次の和歌です。尊氏はまだ二十二歳の若者でした。

かき捨つる　藻屑《もくず》なりとも　此度《このたび》は
　帰らでとまれ　和歌の浦波

「私のこの和歌が、たとえ掻き捨てられるような海岸のゴミくずみたいに価値のない物であっても、今回は寄せては返す波が海の中に帰っていくのと行動を共にせず、和歌浦の神のもとにとどまってくださいよ」。

「和歌の浦」とは紀伊国北部の海岸のことです。沖に玉津島《たまつしま》と呼ばれる小さい島があり（和歌山市和歌浦中）、そこには和歌の神である玉津姫が祀られている神社があります。玉津島明神です。和歌の名人でもある菅原道真《すがわらのみちざね》が大宰府へ流される途中で立ち寄ったことでも知られています。古来、玉津島明神は和歌の神として住吉明神《すみよしみょうじん》・柿本人麻呂《かきのもとのひとまろ》と合わせて崇拝されてきました。

尊氏のこの和歌は、『続後拾遺和歌集』の前に編纂された勅撰和歌集『続千載和歌集』を意識しているように見えます。おそらく尊氏は『続千載和歌集』にも自分の和歌が採用されるのを願い、それがうまくいかなかったのでしょう。それで、「今度の和歌もたいしたことはないのですけれど、ぜひ採用してください」と若者らしい率直な願いを込めて詠んだ和歌だったのではないでしょうか。

ちなみに、『続千載和歌集』が完成したのは六年前の元応二年（一三二〇）、尊氏が十六歳の時でした。前述したように、この前年の十月十五日、尊氏は元服して従五位下、治部大夫に任ぜられています。しかし必ずしも足利氏の後継者と認められたのではない気配で、尊氏は和歌に打ち込むことで気持ちを落ち着かせていた気配があります。

尊氏の次のような和歌もあります。

これのみや　身の思い出と　なりぬらん
　なをかけそめし　和歌の浦風

「人生にはいろいろなことが起きてきますが、この和歌を詠むことだけが思い出となって記憶に残っていくでしょう。また、和歌浦からの和歌の神様が私に歌心を吹きかけてくださいました」。和歌浦の玉津島明神は尊氏にとって親しい存在だったのです。

⑷ 尊氏、家督を継承

尊氏、赤橋（北条）登子と結婚

やがて、正確な時期は不明ですが、尊氏は赤橋久時《あかはしひさとき》の娘登子《のぼるこ》と結婚しました（拙著『鎌倉北条氏の女性たち』「赤橋登子」の項）。赤橋家は北条氏の中で得宗に次ぐ家格を有した家柄です。登子の母は北条時宗の弟宗頼《むねより》の娘です。

登子の父久時は徳治《とくじ》二年（一三〇七）に亡くなっていますが、兄の守時《もりとき》は正中三年（一三二六）に幕府第十六代執権となっています。最後の執権です。このころは幕府最末期で政変が相次ぐ不安定な時期であり、執権のなり手がいませんでした。それを守時が引き受けてあげたという状況ではありました。その中で、赤橋家が足利家を頼ったということでしょうか、守時は妹登子を尊氏と結婚させたのです。登子が尊氏との間の第一子義詮《よしあきら》を産んだのは元徳《げんとく》二年（一三三〇）ですので、尊氏と登子の結婚は

一三二〇年代の後半かと考えられます。

なお、尊氏にはすでに正中二年（一三二五）生まれの竹若丸《たけわかまる》と嘉暦二年（一三二七）生まれの直冬《ただふゆ》という息子がいましたので、義詮は尊氏から見ればその三男ということになります。

尊氏、家督を継承

このような中で、元弘元年（一三三一）、尊氏の父貞氏が亡くなりました。高義の息子安芸守某がいるにしても、赤橋家も味方についている尊氏は問題なく足利家の家督となりました。尊氏は二十七歳でした。世の中では数年前に後醍醐天皇の討幕の計画が漏れ、尊氏が家督を継いだ年には天皇第二回目の討幕計画も明らかになってしまい、さらに不安定な社会状況に突入していました。尊氏も各地に出陣ということも増えてきたとみられます。尊氏にはこの時期前後に詠んだのであろう次の和歌があります。

露にしほれ　嵐になれて　草枕
　たびねの床は　夢ぞ少なき

「旅の途中で野営を続けていると、夜露に当たってぐったりするし、寝られない嵐にも何度も遭います。ゆっくり夢を見る時間もありません」。

若いころの尊氏は戦さがそんなに好きではなかったようです。同じく若いころに詠んだ次の和歌もあります。

あらましに　幾度《いくたび》すてて　いくたびか

世には心の　またうつるらむ

「人生とは、だいたいのところ、何度か考えを捨てていく旅のようなものなんですね。また異なる考えが浮かんでくるのです」。

(5) 後醍醐天皇の挙兵と鎌倉幕府の滅亡

尊氏、後醍醐天皇に従う

正慶《しょうきょう》二年（一三三三）、後醍醐天皇が伯耆国船上山《ほうきのくにせんじょうさん》（鳥取県）で討幕の挙兵をしました。尊氏はその鎮圧のために大軍を率いて京都に上りましたが、丹波国篠村《たんばのくにしのむら》（京都府亀岡市篠町）の新八幡宮で反幕府の決心を明らかにしました。八幡神は源《みなもとの》義家《よしいえ》の父頼義《よりよし》以来、源氏の氏神とされていました。当然、足利氏も尊崇していました。篠村は頼義の所領でもありました。

尊氏がその時に捧げた誓文に次のようにあります（『太平記』第九巻）。まず「八幡大菩薩は、聖代前烈の宗廟、源家中興の霊神なり（八幡宮は偉大な天皇家代々の祖先を祀る社で、八幡大菩薩は源氏を再興させてくださった霊験あらたかな神です）」から始め、「承久の乱以降、当家（源氏）の家臣で平家の子孫の田舎者の北条氏は、勝手に権勢を持って日本を支配するという悪逆を行ない、不正に初代時政から九代目貞時に至るまで、力の及ぶ限りのことを行なってきました。その上、今、優れた主君の後醍醐天皇を隠岐の島に流して苦しませています。主君を苦しませる悪行が酷いことは、今までこのような例は聞いたことがありません。天皇に背く行ないとしてこれ以上のことはありません」と、北条氏に反旗を翻した理由を激しい言葉で述べています。

尊氏はまもなく幕府の出先機関である六波羅探題を滅ぼしました。

尊氏が幕府を滅ぼした意図

尊氏は後醍醐天皇の政治思想に共鳴していたというより、このままでは足利家は幕府と共倒れになって滅びてしまうという危機感で立ち上がったものです。しかしその考えをうすうす感じていた幕府の要人たちは、尊氏の妻の登子と息子の義詮を鎌倉に軟禁してしまいました。尊氏が反乱を起こさないようにというためです。しかしその中で、登子の同母の兄で執権の守時は登子母子をそっと逃がしてやりました。そして新田義貞を大将とする討幕軍が鎌倉に攻め込んできた時、義弟尊氏が後醍醐天皇側についた責任を取って真っ先にもっとも危険な戦場に行き、討ち死に（自害）してしまうのです。

その後の展開の中で、尊氏は京都に室町幕府を開き、その初代征夷大将軍となりました。そして無事尊氏に会えた息子の義詮が、成長して第二代将軍となっています。

おわりに

足利尊氏はゆったりした穏やかな気性だったと言われてきました。戦場でも常に笑顔を絶やさなかったといいます。また物欲もなく、現在のお中元に当たる品物がたくさん送られてきても、誰彼かまわず家来たちに与えて、夕方にはその品々がまったくなくなってしまったともいいます。そのために尊氏は多くの人の人気が高かったそうです。

しかし若いころに詠んだ和歌を見ると、尊氏は鈍感な人ではなかったようです。人生にいろいろと悩み、進むべき道を探っていた気配があります。建武新政から引き続く室町幕府の創設、また南北朝の動乱。その中で二十数年を生きて延文《えんぶん》三年（一三五八）に亡くなりました。その激動の時期にたくさんの和歌を詠んでいるのは、悩む気持ちをそれによって鎮め、周囲の人々には穏やかな態度で接するということにしていたのでしょう。ただ心の中には激しい気持ちを有していたのは正平《しょうへい》七年（一三五二）に意見の合わない弟の直義《ただよし》を毒殺したということでも察せられます。

あとがき

本書を執筆するにあたり、前二書と同じく、鎌倉時代に生きた八人を選び出しました。うち七人は、世の中でだいたい知られてきた、私個人にも以前から印象深い人たちです。たとえば本書第二項の極楽寺重時です。重時ゆかりの「極楽寺」（寺院）のすぐ近くには、神奈川県鎌倉市から藤沢市に至る江ノ島電鉄（江ノ電）の「極楽寺駅」があります。ここは仕事その他の用事で降りる駅、あるいは通過する駅で、その度に重時のことを思い出しました。

また第三項の笠間時朝は、私が三十七年間住んだ茨城県水戸市から車で二十分ばかりの笠間市の、その発展のもとを築いた人物です。時朝が本拠地とした佐白山に、家族と一緒の春のツツジ祭り見物や秋の紅葉狩りも含めて、何度登ったかわかりません。また第五項の一遍は、私が東京教育大学大学院で博士論文を書いた時の研究対象でした。他の四人もすべて研究して論文等を書いた人たちです。

そして八人目の残る一人である八条院高倉という女性については、一年ほど前までまったく知りませんでした。しかし鎌倉時代に詠まれたさまざまの和歌を探っていくうち、彼女が若いころに詠んだ「曇れかし　ながむるからに　かなしきは　月におぼゆる　人の面影」という和歌に出会い、彼女の「皇后の不倫の娘」と噂された経歴を知ってからは、この和歌にとても強烈に惹かれるものを感じました。藤原定家を超える和歌の天才であった後鳥羽上皇は、この和歌によって彼女の才能を認め、自分の歌壇（和歌のグループを「歌壇」といいます）に呼び寄せて活躍させたのです。この和歌の〝歴史と和歌を結ぶ魅力〟が本書を執筆する原動力になり、他の項目にもさらに力を入れました。八条院高倉は第一項で取り上げました。

本書を刊行するにあたり、いつものように心から応援してくださっている自照社の方々に厚く御礼を申し上げます。また校正には、これもいつものように宮本千鶴子さんにお世話になりました。ありがとうございました。

二〇二三年二月八日

今井雅晴

＊著者紹介

今井雅晴（いまい　まさはる）

一九四二年、東京生まれ。東京教育大学大学院博士課程修了。茨城大学教授、筑波大学大学院教授、コロンビア大学・大連大学・カイロ大学・タシケント国立東洋学大学等の客員教授を経て、現在、筑波大学名誉教授、東国真宗研究所所長。専門は日本中世史、仏教史。文学博士。

著書　『鎌倉時代の人物群像』（筑波大学日本語・日本文化学類）。『中世を生きた日本人』（学生社）。『時宗成立史の研究』『捨聖一遍』『仏都鎌倉の一五〇年』（吉川弘文館）。『北条時政の願成就院創立』上、中、下（東国真宗研究所）。『鎌倉北条氏の女性たち』（教育評論社）。『親鸞の東国の風景』『日本文化の伝統とその心』（自照社出版）。『鎌倉時代の和歌に託した心』『鎌倉時代の和歌に託した心 続』（合同会社自照社）。ほか。

鎌倉時代の和歌に託した心・続々
――八条院高倉・極楽寺重時・笠間時朝・
後嵯峨天皇・一遍・北条貞時・
後醍醐天皇・足利尊氏――

2023年4月14日　第1刷発行

著　者　今井雅晴
発行者　鹿苑誓史
発行所　合同会社 自照社
〒520-0112 滋賀県大津市日吉台4-3-7
tel:077-507-8209 fax:077-507-9926
hp:https://jishosha.shop-pro.jp
印　刷　亜細亜印刷株式会社

ISBN978-4-910494-20-3

自照社の本

自己を知り、大悲を知る

海谷則之

折々の出来事を通していのちのありようを考える寺報法話30篇。親鸞聖人のみ跡を慕う著者70歳代の学びと思索の記録。

四六・136頁
1000円＋税

なぜ？ どうして？ 浄土真宗の教学相談

赤井智顕

「お念仏は亡くなった人のため？」など真宗についての12の質問を通して、そのみ教えやおつとめの意味・特徴を学ぶ。

Ｂ６・64頁
750円＋税

自照叢書 無量寿経を仰ぐ

鹿苑一宇

『季刊せいてん』連載の《聖典セミナー》を単行本化。『大経』を読み解き、お名号に込められた阿弥陀如来の願いを味わう。

四六・228頁
2000円＋税

仏事・日常勤行 抄訳 佛説阿弥陀経

豊原大成 編訳

和語でお経をいただく、新しいおつとめの〝かたち〟。「しんじんのうた」の譜で誦える格調高い《意訳勤行》。用語解説付き。

Ｂ６・50頁
400円＋税

浄土真宗本願寺派 日常勤行聖典 解説と聖典意訳

豊原大成 編著

正信偈・讃仏偈・重誓偈・阿弥陀経・御文章に、現代語でも味わえるよう意訳を付す。法要や作法についての解説付き。

Ｂ６・120頁
300円＋税